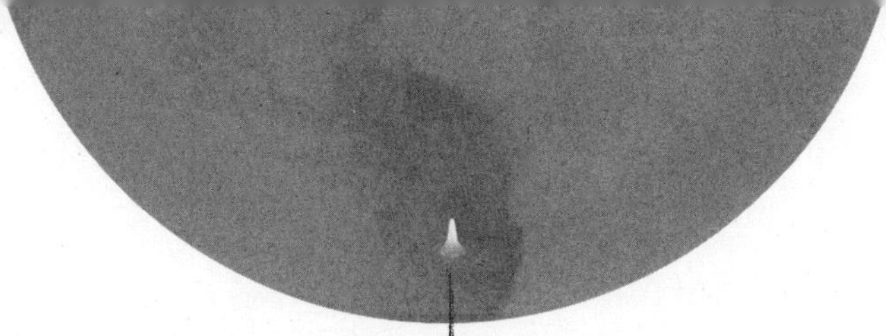

伊恩・里德
Iain Reid——著
楊沐希——譯

如果我們終將分離

Foe

這本小說，宛如探問一切的多重宇宙！

伊恩·里德是一個說故事大師，他的文字引人入勝。大部分的故事情節都凝縮在這對夫妻的生活裡，但伊恩·里德將這段關係寫得出神入化，讓這本書成了一個探問一切的多重宇宙！

——**《洛杉磯時報》書評**

簡潔、強烈、令人難忘！

《如果我們終將分離》是一支來自真正原創思想的暗箭，伊恩·里德逐頁逐句，詭譎地把已知的世界從你的腳下抽離出來，讓你陷入婚姻中最令人難以忘懷的問題：我可以被取代嗎？

這是一本滲入你血液的書——伊恩·里德是個面無表情的哲學恐怖之王！

——**《心碎》作者／克勞迪婭·戴伊**

伊恩．里德的第二本小說，他用曲折的情節、
不安的敘事和爆炸性的結局，再次拓展了讀者的眼界。
他擁有一種罕見的能力，能讓讀者感覺不快又深深著迷。
看完之後你一定會翻回開頭幾頁，
重讀作者留下的、通往意外結局的線索！

——**《書單》雜誌星級評薦**

本書如同一項雄心勃勃的工程，存在失敗的風險，
但伊恩．里德完美地實現了他的願景，並成就了一部引人入勝的精采之作。
讀完必教你無比興奮，並開始質疑你存在的基礎！

——**《書頁》雜誌**

當你翻開伊恩．里德《如果我們終將分離》的第一頁，
便會沉浸在一種不安的感覺裡，這是一本精湛又驚人的獨特之作，
讀完的我完全無法停止對它的思考。

——**《靜礦止水》作者／艾米．史都華**

我不知道人類是否像鳥一樣擁有後頸的羽毛，
當我翻讀這本書的時候，
彷彿有什麼東西爬上了我的背脊，在我後頸上豎立，
我深愛這樣的震撼與興奮的戰慄……
這是一部引人深思的天才之作！

——**《真相是你的謊言》、《只有他知道一切》作者／麗茲．紐金特**

伊恩．里德建構的高潮令人深感不安，
那宛如一場外科手術，對婚姻關係進行解剖，
同時也是一部節奏明快、又專業深入的心理驚悚小說——閱讀時請開燈！

——**寇克斯評論**

《如果我們終將分離》以一種安靜、優雅又簡潔的聲音，
來描述一個無情又危險的故事，這讓人感覺更加可怕。
伊恩．里德是我讀過最會描寫「不安」的作家！

——**《廢墟》、《簡單計畫》作者／史考特．史密斯**

一部構思精巧的心理驚悚小說，
《如果我們終將分離》內含了存在主義式的恐懼，
並融合了詭異的戰慄情節，必教你深感震驚！
——「Book Riot」書評網站

這本書我愛不釋手，它深深撼動了我的夢想，
一本令人毛骨悚然、又精采絕倫的好書！
——加拿大「吉勒獎」入圍者、《最好的人》作者／佐伊·惠特爾

伊恩·里德的小說令人著迷，
他的故事有著曲折的情節和簡潔的行文，無比出色！
——《紐約時報》書評

伊恩·里德再次證明了他是一個氣氛與懸念的大師，無人可以否認！
——出版者週刊

獻給尤恩

無歸之人必得再三思量攜身之物。

——黎奧娜拉・卡靈頓《聞聲號角》

第一幕

ACT ONE —— ARRIVAL

抵達

兩枚車燈，看到車燈我就醒了。真奇怪，因為是特殊的綠光，不是這附近會出現的白光。隔著窗戶我就看見了，就在巷子的盡頭。我肯定處在晚餐後小睡的迷糊狀態之中，因為夜裡的高溫，加上飯吃得太飽。我眨了眨眼睛，想要打起精神。

沒有預警，沒有解釋。從我的位置聽不到車聲。我只是一開眼就看到兩束綠光，它們彷彿莫名出現，讓我從朦朧中醒來。這光比一般車燈都亮，就從巷子盡頭的兩棵枯樹之間照過來。我不曉得現在幾點，但天色很黑，很晚了，不適合客人造訪的那種晚。是說也沒有多少客人造訪我們就是了。

沒有客人登門過，從來沒有。他們不會來這荒郊野外。

我起身，伸懶腰，後背僵硬。我拿起擺在旁邊的啤酒瓶，從椅子旁往前走了幾步，朝窗口邁進。我襯衫沒扣，晚上這個時間都這樣。這種溫度裡，做什麼都不容易，都很費力。我等著看，也許這車會停下來，倒車回去馬路上，繼續前進，別打擾我們，本來就該這樣。

不過，事情沒有那樣發展。車子停在原地，綠燈直直照往我的方向。接著，彷彿經過漫長的遲疑、不情願或不確定，車子又往前開，朝我們家過來。

妳在等人嗎？我提高嗓子問葉兒。

「沒有。」她從樓上喊回來。

她當然沒有，真不曉得我問她幹嘛。沒有人會在這麼晚的時候登門拜訪，從來沒有。我喝了一口啤酒，溫了。我看著車子一路開到我們家，停在我的卡車旁邊。

我又喊了起來：呃，我想妳最好下樓，有人來了。

我聽著葉兒下樓，走進來。我轉過身，她肯定剛洗完澡。她穿了剪過的短褲、黑色坦克背心，頭髮濕濕的。她看起來非常漂亮。我覺得此刻這副模樣是她最自在、最美麗的樣子。

我說：哈囉。

「嘿。」

我們一度沒有開口，然後她打破沉默。「不知道你在這，我是說，屋裡。我以為你還在外頭穀倉那。」

她伸手把玩起自己的頭髮，以她獨特的方式，用食指緩緩捲起頭髮，把髮絲拉直。這是無意識的行為，她專注時就會做這個動作，或是她煩躁的時候。

我又說：有人來了。

她站在原地看著我，我覺得她完全沒有眨眼。她姿態僵硬，彷彿有所保留。

怎樣？怎麼了？妳還好嗎？我問。

「好。」她說。「沒事，我只是意外有人來。」

她遲疑地朝我走了幾步，與我保持短短的距離，卻也近到讓我聞到她的護手霜，椰子還有什麼？我想是薄荷。很特別的味道，一聞就知道是葉兒。

「你認得誰開這種黑色轎車嗎？」

我說：不認得。看起來很正式，像政府的車，對嗎？

「也許。」她說。

車窗是黑色的，看不到裡頭的景象。

「無論是誰，這男的來肯定有事。車子都一路開上來了。」

車門終於打開，駕駛沒有出來。至少沒有一開門就踩出來。我們靜候，感覺有五分鐘那麼久，就站在原地等著看是誰下車。不過，也許就只有二十秒而已。

然後我看到了一條腿，這人踩了出來，是男人。他有一頭長長的金髮，穿著黑色西裝、襯衫，最上方的釦子沒扣，沒打領帶。他提著黑色公事包。他甩上車門，理了理外套，從前門門廊上來。我聽到他踏上老舊木板階梯的聲音。他不用敲門，因為我們看著他，而他也能隔著窗戶看見我們。我們知道他來了，但我們還是靜靜觀察，終於，敲門聲出現。

我說：妳去開，然後忙著扣上襯衫肚子部位的鈕釦。

葉兒沒有答腔，但她轉身走出客廳，往前門邁進。她遲疑了一下，轉頭看我，又轉過身去，深呼吸，接著才開門。

「你好。」她說。

「妳好啊！抱歉這麼晚才來打擾。」男人說。「希望沒有造成困擾。亨麗葉塔，對嗎？」

她點點頭，盯著自己的雙腳。

「在下泰倫斯。我想跟你們聊聊，如果可以的話，進屋聊。妳丈夫在嗎？」

她開門後，男人誇張的微笑沒有消失過，一秒也沒有。

我問：這是怎麼回事？我從客廳出來，走到門口，就站在葉兒身旁。我一手搭在她肩上。我的碰觸讓她驚縮了一下。

男人將注意力放到我身上。我比他高，也比他壯，還大他幾歲。我們四目相視。他聚焦在我臉上好一會兒，時間長到有點不太正常。他的笑意蔓延至雙眼，彷彿是看到什麼很愉快的景象一樣。

「朱尼爾（Junior），對嗎？」

抱歉，我們認識你嗎？

「你看起來氣色真好。」

是怎樣？

「這一切都太令人雀躍了。」他望向葉兒，她根本沒有看著他。「過來路上我期待死了，從城市過來這條路可長的！終於見到你真是令人激動。我只是來向你、向兩位談談的。」他說。「只是談談。我想你們會想聽聽我到底要說什麼。」

這是怎麼回事？我再度問起。

男人的出現很不尋常，葉兒的不安顯而易見。因為葉兒不舒服，我也不自在。他最好快點解釋清楚。

「我是代表『遠方無垠』來的，聽說過我們嗎？」

我說：遠方無垠，那是一個組織，專門——

「請問我可以進去嗎？」

我把門打開大一點，跟葉兒退去一旁。就算這個陌生人有惡意，我也看得出來他不構成威脅，至少對我來說如此。他個頭不大，一般的上班族身材，體格精瘦。他是搞文書的，不像我幹體力活，習慣勞動。他進了門廳，張望起來。

「好地方。」他說。「寬敞，鄉村風，不假矯飾，迷人也討喜。」

「你要去裡頭坐一下嗎？」葉兒帶領我們走進客廳。

「謝謝。」他說。

葉兒開了檯燈，坐在她的搖椅上，我坐在我的單人躺椅沙發上。泰倫斯坐在我們之間的沙發裡，他將公事包放在茶几上。他坐下時，褲腳往上移，露出白襪。

我問：車上還有別人嗎？

「就只有我。」他說。「進行這種拜訪是我的工作。來這裡花的時間比想像中還久。你們這裡真的很遠，所以我這個時候才到，有點晚了。再次抱歉。不過真的很高興跑這一趟，能夠親自見到你們兩位。」

「對，真的很晚了。」葉兒說。「還好你在我們上床睡覺之前來。」

他冷靜又輕鬆，彷彿之前就來過，坐過我們家沙發一百次一樣。他誇張外放的姿態跟我形成對比。我想與葉兒對望，但她直直盯著前方，不願轉頭。我只能回到眼前的問題上。

我問：這是怎麼回事？

「對，咱們從頭開始吧。我說了，我是遠方無垠的代表。我們機構成立於六十年前，以無人駕駛的汽車起家。我們擁有全世界最有效率、最安全的自動駕駛汽車車隊。我們的任務在這些年間進行過調整，至今已經非常明確，我們從汽車部門往航太領域前進，探索以及發展。我們正努力朝著下一階段的轉移邁進。」

下一階段的轉移，我複誦起來。所以，好比說，太空？政府派你來的？外頭那輛是政府的車。

「對也不對。如果你看過新聞，你們大概會知道遠方無垠是聯合機構，合夥關係，我們是政府的一個部門，因此才有那輛車，緣起於私營部門。可以讓你們看看我們短短的介紹影片。」

他從黑色公事包裡拿出一個螢幕，他用雙手捧著，轉向我們。我望了葉兒一眼。她點點頭，暗示要我看看。影片播放起來，就是典型的政府風格宣傳片，太熱情也很不自然。我再次瞥向葉兒，她似乎興趣缺缺，食指捲起一縷秀髮。

螢幕上的畫面一幕一幕轉得太快，快到無法捕捉明確細節或爬梳意圖。大家面露微笑，一起參加團體活動，一起歡笑，一起用餐，每個人都很快樂。有幾幕天空、起飛的火箭，還有一排一排軍營風格的金屬小床。

影片結束後，泰倫斯將螢幕塞回公事包裡。「好啦。」他說。「你們看到了，我們在這個特殊的計畫裡耕耘許久，超過多數人的認知。還有很多工作，但我們持續在進步。科技日新月異，先進技術不斷研發，我們剛剛得到一大筆資金，一切都在往前邁進。我知道最近媒體有報導，但我可以說，我們的工作比報導的內容還要深入。這一天終於來了。」

我想跟上他的邏輯，卻似乎無法好好理清頭緒。

只是確定一下，當你說「這一天終於來了」的時候，到底是在講什麼？我們沒有很常看新聞，對吧？我一邊說，一邊望向葉兒。

「對。」她說。「沒有看。」

我等著她多說一點，問個問題，多講兩句也好，但她閉上嘴巴。

「我說的是第一波。」他說。「『建設計畫』。」

什麼計畫？

「建設計畫，第一批暫時安置的對象。」

安置，什麼，離開地球的安置？去太空？

「沒錯。」

我說：我以為那只是理論，只是幻想。這就是你來的原因？

「那是再真實不過的計畫。對，我就是為此而來。」

葉兒嘆了口氣，聽起來像是明顯的抱怨。我聽不出其中是否有不確定性或煩躁。

「抱歉。」男人說。「但可以麻煩你們給我一杯水嗎？開車過來太渴了。」

葉兒起身，望向我的方向，但沒有注視我的雙眼。「你要什麼嗎？」

我搖搖頭，啤酒還沒喝完，車來之前那瓶，早在今晚發生意外轉折前喝的那瓶。我從桌上抓起啤酒，喝起來溫溫的。

葉兒前往廚房後，他問：「哎啊，好了。這就是你們家，氣氛很好，房子多老啦？」

我說：很老了，大概兩百年歷史吧。

「了不起！我喜歡。你在這開心嗎？朱尼爾，你喜歡這裡嗎？自在嗎？就你們倆？」

真不曉得他在暗示什麼？

我說：我們的生活就是這樣。我跟葉兒，我們在這裡一起生活，很開心。

他歪著頭，再度微笑。

「哎啊，真是好地方，真是好故事。也許這些牆壁蘊含了不少歷史，能夠住在這麼寬敞也寧靜的地方一定很不錯。在這裡能隨心所欲，不會有人看見、聽到，沒有人會來煩你們。這附近還有別的農田嗎？」

我說：沒有那麼多了，以前很多。現在大多是油菜花田。

「對，我在路上看到了，不曉得油菜花可以長到這麼高。」

我說：以前不是這樣的，那是農人還擁有這片土地的年代。現在多數都收歸國有或賣給大公司了，這些公司都種新作物，混種的，油菜花長得比昔日舊有的物種更高更黃。幾乎不用灌溉，在長旱中還能生存。生長速度也很快。我看來是很不自然，但事情就是這樣。

他靠了上來。

「太了不起了。你會覺得有點……煩躁嗎？單獨生活在這裡？」

葉兒端著一杯水回來，交給泰倫斯。她將搖椅挪近我，然後坐下。

我說：從井裡剛打上來的，城裡沒有這種水可以喝。

他向她道謝，將杯子湊到嘴邊，一口氣就喝掉四分之三杯。細細水流從他嘴角流下，一路延伸到下巴。他心滿意足地嘆了口氣，將杯子放在桌上。

「真甘甜。」他說。「好啦，如我剛剛所說，計畫已經展開。我是公關部門的聯絡人，我收到你的檔案，我會密切與兩位合作。」

我說：我們？我們有檔案？我們為什麼會有檔案？

「之前沒有……是最近的事。」

我口乾舌燥，嚥起口水，卻沒有幫助。

我小啜起啤酒，說：我們沒有加入或答應建立什麼檔案。

他又掛上露出牙齒的笑容。我敢說他跟城裡很多人一樣，白亮的牙齒都是假的。「對，沒錯，但，朱尼爾，我們進行了第一輪抽獎。」

第一輪什麼？我問。

「我們的第一輪抽獎。」

「那是你們用的字眼。」葉兒搖搖頭。

抽獎？你到底在說什麼？我問。

「我其實不太確定如兩位的一般大眾有多少了解，也不知道你們根據所見所聞拼湊出來多少，我猜這裡可能沒有多少資訊。所以，是這樣的，你們中選了，所以我才會出現在此。」

雖然泰倫斯嘴巴閉上了，我還是看得見他在舔上排牙齒。

我望向葉兒，她又直視前方。她為什麼不肯看我？她心裡有事，這樣避著我很不像她。我不喜歡這樣。

「朱尼爾，我們必須聽他說。」葉兒說，但她的語氣不對。「我們得搞清楚他到底想說什麼。」

泰倫斯把目光從我身上移開，看了她一眼，又注視起我來。他有注意到她的煩躁嗎？有嗎？他根本不認識我們，根本不知道我們獨處時相處的方式。

「抱歉失禮了。」他一邊說，一邊起身脫下外套。「水很解熱，但我還是覺得有點熱，老家到處都有冷氣，希望你們不介意我稍微自在一點。亨麗葉塔，妳確定妳不想喝點水？」

「不需要。」她說。

亨麗葉塔，他叫她的全名。襯衫下都是汗，隨機的潮濕斑塊彷彿小島群的地圖。他折起外套，放在身旁的沙發座位上。

該提問了，他給了我機會，從他的肢體語言就看得出來。

所以你說我中選了。

「對。」他說。「的確。」

中選了什麼？我問。

「旅行啊，建設計畫。顯然這是很初步的名單，一切還在初始階段。我必須強調，這只是初選名單，所以我不希望你此刻過於興奮，但怎麼說呢？不興奮太難了。我都替你覺得興奮！我最喜歡這部分的工作，傳達好消息。後續結果難以保證，我必須請你理解這點。事實上，真的沒辦法保證，但這具有重大意義，這是重要時刻。」

他看著葉兒，她一點表情也沒有。

「你不會相信過去這幾年裡，有多少人自願參加。幾萬人想加入都擠破頭了。此刻就有很多人願意放棄一切得到這個機會，所以……」

我說：我真的不懂。

「真的假的？」他大笑起來，還搖搖頭，穩住情緒。「朱尼爾，你辦到了！你進了初選名單！建設計畫的名單！如果計畫繼續推進，如果你入選，你就能前往遠方無垠的開發區。你甚至也許能夠成為第一批移民，或許能夠在上頭生活。」

泰倫斯指著天花板，但他的意思是更上面的地方，超越屋頂，直達天際的地方。他用手抹起額頭，等著我消化他的消息，然後繼續。

「這是千載難逢的機會，現在只是開始而已。我們率先拜訪第一波的抽獎得主，因為這種……幸運徵召……很花時間。」

我又喝起另一口啤酒，我想我需要再來一瓶。

幸運徵召？

「我知道這一切太美好。」泰倫斯說。「也需要一點時間消化。不過，記著，我總是這麼說，這也是我的信念，那就是，一切都會改變，改變是生活裡唯一確定不變的事情。人類會進步，必須進步，我們演化了，我們前進了，我們擴張了。原本看似想像、極端的事情變成常態，隨即又退流行。我們邁向新的一步、新的發展、新的疆界。上頭並不是另一個世界，只是遠方，超越我們多數人存在的範圍。不過，隨著時間進步，那裡越來越近。我們正朝那裡移動，你明白嗎？」

他眼底充滿篤定的欣喜，他在我眼裡看到什麼？我感覺到的不是期待，我應該要期待，但我沒有。我看著葉兒，她感覺到我的目光，轉過頭來，露出無力的微笑。終於，微笑，這是能夠連結我們的東西。她跟我在一起，她回來了。

我說：這太瘋狂了。然後伸手去碰葉兒的手臂。太空，那是另一個世界，我們在這裡已經有一個世界了。在這裡的生活，一起的生活。

我開始想要捍衛、保護這裡的生活，我所知道也理解的生活。

我說：你莫名其妙跑來我家，直接宣布我可能要去遠方？無論我想不想去？你覺得我跟葉兒在這裡一起生活了這麼久，我會想離開？我沒有要求加入這個計畫，這太不正常了。

泰倫斯又露出微笑，他謹慎地靠了上來。「聽著。」他說。「這是警告。」他連忙打住，在我家沙發上調整坐姿。「不，抱歉，用錯字眼了。警告聽起來帶有負面意涵，不是這樣的。這是好事一件，這是美夢成真。我必須坦承你並沒有自願加入這個計畫，完全沒有，但你之前提過太空，我們的演算法捕捉到了。」

葉兒聽到這裡，連忙抬頭。「所以你們一直在竊聽我們？」她問。「進行多久了？」她語氣裡有陌生的尖銳感，我覺得……我不曉得該作何感想。我只知道我不喜歡。

泰倫斯伸出手，彷彿是要道歉。「拜託。」他說。「我沒有講清楚，我沒有把一切解釋完善。這不是監控或主動監聽，你們螢幕上的麥克風一直是開的，這你們很清楚。麥克風會蒐集資料，我們使用的程式會爬梳這些資訊，加以分類，它能夠辨識出關鍵字。」

「我相信你們現在會更仔細監聽他了。」葉兒說。「是吧？」

「對，的確。」

葉兒神情凝重，沉默下去，看不出在想什麼。

關鍵字？可以解釋一下嗎？我問。哪些字會登錄進抽獎裡，對了，就是我甚至不曉得其存在的抽獎？

葉兒想要答案，我希望這個問題能提供解答。

「為了達到我們計畫的目的，關鍵字包含旅遊、太空、星球或月亮。這當然是我們挑選過的字眼，這是我們需要的資訊。」他停頓下來，彷彿是在決定要透露多少一樣。「我們的抽獎系統很複雜，無法僅靠三言兩語說明。你只要相信我們就好，整個計畫的關鍵就在於信任。」

葉兒雙手緊握，她好安靜，一動也不動。她為什麼不說話？她為什麼不提更多疑問？為什麼都讓我開口？

我問：你可以說多一點嗎？開發區是什麼樣的地方？

「這就要回到我們的起點，也就是多年以前，人類在太空有很多可能性，至少我們是這麼想的，月亮、火星，遠方無垠甚至打算殖民一個在附近太陽系運行的新行星。到頭來，我們決定打造自己的行星，也就是我們自己的太空站。」

他所說的這一切……附近太陽系……對我這種人來說都好難理解，但我得試試看。

我問：為什麼？我們這裡已經有很好的地方可以住，為什麼還要造什麼站？而且如果外頭已經有完美的行星了，為什麼還要蓋太空站？

泰倫斯搔起腦袋。「有很多原因。舉例來說，如果你前往這些行星，就算是以光速移動，題外話，這是不可能的，但就算如此，來回也要花七十八年。這算一個障礙，我們反而選擇克服其他的障礙。我們知道第一階段，也就是開發區，重點在於測試與研究。人會上去生活，我們從旁觀察，進行實驗與完整的分析，然後他們就可以回家，打造自己的星球最能符合這種模式。上頭有很多太空站，存在已久，我們的第一座太空站是在好幾年前發射上去的，之後就一直在上頭工作。開發區拓展得很快，現在已經成了一座巨大的太空站，在我們交談的此刻，正在繞行地球。還沒有開發完畢，但已經在上頭了。」

我心想：我們就是忍不住，忍不住想要擴張、拓展、征服。

而政府知道這一切？

「我們就是政府。」他說。「我們跟政府有關係。這是我們的研究。」

我說：我連飛機都沒搭過，葉兒也是。她不會喜歡的，她沒有去遠方旅行過，如果上太空，她會害怕。

「噢。」泰倫斯說。「我應該一開始就講清楚，是我不好。朱尼爾，我說的是你，只有你要去。」

我這時才恍然大悟，明白他在暗示什麼。

我問：我們沒有一起在名單上？我們沒有一起中獎？

「不，恐怕沒有這件事。朱尼爾，只有抽中你。」

葉兒沒有反應，她又不說話了，連聲嘆息或任何聲音都沒有發出來，她只是坐在原位。我不曉得該如何面對這一切，我甚至覺得自己別無選擇，她也不伸出援手。

我說：那接下來呢？

「什麼事也沒有，真的，至少沒有很急迫的事情。名單還很長，還在處理中，想像這是一場馬拉松。如果可以的話，我們的政策是親自向你報告這個喜訊，這是我們啟開合作的最佳方式。如果你沒入選決選名單，今天就會是我們第一次與最後一次的見面，但也許不止這一次。」

初選名單有多長？

「不幸的是，朱尼爾，我想你肯定能夠理解，我只能說你在其中，其他的細節恕我無法透露。其他都是機密資訊，我可以說的是可能需要幾年的時間。」

幾年的時間，聽到這個讓我放鬆了下來。微乎其微的機率，遙遠得不得了，就跟繞行地球的太空站本身一樣遠。也許葉兒一開始就曉得這點了，所以她才這麼安靜，這麼冷靜。

這讓我們的對話來到尾聲，算是吧。事實上，泰倫斯繼續說，繼續發表他的長篇大論，繼續解釋起遠方無垠的願景，講了一個多小時，但他講的內容跟我都沒有什麼關係。我用疑問或觀點打斷他時，他就會拿出公司政策來回應，這些話語感覺他都排演過。我在想這份工作他做多久了？肯定沒有很久。他在背稿，很不自在，他顯然很期待，這點沒錯。他一度提到遠方無垠發展出一種「生命凝膠」，是一種局部塗抹的軟膏，可以協助人體適應沒有大氣層的環境。我心想，凝膠，能夠協助你適應環境的凝膠。太怪了，太抽象了，實在難以想像。

泰倫斯去上廁所的時候，我跟葉兒終於有機會獨處。一開始，我們都沒有開口，就傻傻坐在原位。然後，葉兒終於看向我。

我直視她的雙眼。現在她看到我了，聚焦在我身上，我立刻感覺好一點。

「你在想什麼？」她問。

我搖搖頭，說：我不確定，還在消化。我知道我該高興或期待，這是多數人會想砸重金加入的機會，但……

「你覺得難過？害怕？措手不及？」

不，不，不，我沒事，我說。

「好。」她說。「要消化的真的很多，去他的生命凝膠。」

對，真的，去他的生命凝膠，我附和起來。

泰倫斯回來了，我跟她沒機會繼續交談。他從他剛剛中斷的地方接著講下去，幾乎沒有停頓，然而他還是沒有回答我的任何疑問。他展開抽象的話題，揭示起初選名單是如何透過複雜的演算法機制產生。他播放起更多影片，新式火箭，廢氣是透明的，另一段影片則打算解釋何謂「推力向量」。

全程坐在我身旁的葉兒也聽了這些內容，接著差不多半小時後，她就先離開了。泰倫斯繼續跟我解釋了一會兒，最後，他彷彿也無話可說。我知道我有很多問題，我有疑慮想請教他，但今天的經驗出乎意料，難以承受，我實在想不起我的問題為何，我失去了所有的精力與好奇心。我送他回車上，我們握手。我看著他站在屋外，感覺我們相握的雙手，今晚第一次，詭異的感覺爬上心頭，他感覺好面善。

他將公事包放進車裡，車門沒關，然後轉頭給我一個擁抱，真讓我意外。放開我的時候，他退後，握著我的肩膀。

「恭喜。」他說。「我很高興來這裡見你。」

我認識你嗎？我問。

那口牙，那個笑。「這只是起點而已，第一天。不過，我有好預感，我們不久後會再見。」他說，然後他坐上車，說：「祝你好運。」

門重重關上，我看著車子駛出巷子，回到馬路上。外頭一片漆黑，我聽到油菜花田裡的蟋蟀與動物發出來的聲音。我轉過頭，這裡是我的根源，這裡是我所知道的世界，我只認識這個世界，我一直假設我只會認識這個世界。

我抬頭望向天空，上頭有點點星子，一如既往。我這輩子抬頭看到的都是同一片天空，我只見過這片天。什麼星星、衛星、月亮，我知道月亮很遠。不過，今晚卻看起來不太一樣。我以前從沒想過，但我明白了，統統明白了，星星、月亮，我可以在這裡親眼看到它們，那它們實際能夠有多遠？

我進屋後，家裡靜悄悄的。葉兒肯定上床了，真怪。她都不想先談談再睡嗎？她很累，肯定是的。陌生人帶著陌生訊息突然登門，如果她筋疲力竭，我完全可以理解。

我關掉客廳的檯燈，將空水杯與啤酒瓶拿進廚房，擺在水槽旁的檯面上。

我打開冰箱，往裡頭望，卻沒有拿出任何東西，冰箱裡吹出來的冷風感覺很舒服。

我摸黑上樓，只有在臺階上駐足欣賞牆上的照片，我不記得上次停下來看這些照片是什麼時候的事了。我靠得很近，因為沒有亮光。總共有三張照片，有相框，一字排開，一張是我跟葉兒的合照，然後是我跟她的獨照各一張。

我們的合照是近距離自拍，看不出來是在哪裡拍的。葉兒咧嘴歡笑，她很快樂，這大概是她掛出這張照片的原因。我的獨照則看起來年輕許多，我都認不得自己了。這張照片是葉兒拍的嗎？

我繼續上樓，徑直走進我們的房間。房門關著，但我覺得進自己的臥房應該不用敲門，於是我緩緩推開門，葉兒躺在床上。

我說：經過剛剛那件事之後，妳就直接來睡覺？不想談談嗎？那個也太瘋狂了吧。

她用雙手遮住眼睛。

「抱歉，我今晚只想睡覺，我們可以明早再談。」

妳沒事吧？我邊問邊走進臥室。發現她沒有寬衣，還穿著剛剛的衣服。

她抬起頭。

「我其實有點不舒服。不知道，大概不是什麼嚴重的毛病，但你覺得你今晚可以去睡客房嗎？」

真的假的？我說。

我想不起來上次睡客房是什麼時候的事，應該從來沒發生過吧。

「我知道感覺不一樣，抱歉。只是，如果我生病了還是怎樣，不要傳給你比較好。」

我可不擔心感染什麼疾病。

客房鋪好床了嗎？我問。

「對，我今早鋪的。我保證只有今晚，明天我就會好點了，肯定會。」

妳今早就不舒服？妳怎麼都沒說。

「沒有，我猜我只是一時興起就去鋪了。」

我說：妳知道，我們得談談。我以為我們會促膝長談，聊聊剛剛發生的一切，聊聊泰倫斯的話，各種可能性，還有泰倫斯這個人……我是說，妳覺得那傢伙如何？

「朱尼爾，我真的很累，如果可以的話，我想睡一下。」她轉身，面向她那一邊。

我說：好，行，沒問題，我們早上再聊。

我走出房間。

不過，就在我到門口時，我聽到她喊：「朱尼爾？」

怎麼了？

「可以麻煩你關門嗎？」

我說：當然可以。

我沒說門關了房裡會更熱，講這種話只會惹她不高興。就在房門完全關上前，我忽然想到了一件事，有點糾纏的我的事情。我探頭回房裡。

噢，對了，妳怎麼知道？

她轉回來面向我。「知道什麼？」

車子開上來的時候，泰倫斯還沒下車，妳說「這男的來肯定有事」。妳怎麼知道車裡是男人？

「我是這樣講的嗎？」

對，就是。

「你確定嗎？」

對。

她大聲嘆氣。「不知道，朱尼爾，不是故意的。我只是沒多想就脫口而出，晚安。」

我說：晚安，然後關上門。

一直到我進了客房，看著鋪了乾淨白色床單的單人小床時，我才聽到走廊上，我們臥室的房門喀啦一聲鎖上了。

聽到意料之外的重大消息，令人驚訝、可能會改變人生的重大消息，例如泰倫斯登門時所帶來的消息，這種消息會影響你，特別是會影響你的思想與思路。

我發現自己也是如此。

泰倫斯來訪後一、兩週，葉兒都坐立難安，態度冷淡，跟他在的時候一樣。忽然間，她想長時間獨處。我們會一起用餐，但交談甚少，她什麼話也不說。他來過之後，她一個人睡，差不多維持了一個禮拜。最後她說我可以回房睡，但感覺她還是很緊繃，我感覺得到身邊的她焦躁不安，太明顯了。到了早上，她會坦承昨夜沒睡多少。我們就這樣過了一陣子。

不過，她逐漸恢復成真正的葉兒，我認識的葉兒，平常的她。時間就有這種功能，能夠督促我們回到平衡的狀態。不安逐漸緩和下來，程度多大的震撼，最終也會隨著時間而威力遞減。

葉兒穩定下來，允許我接近，生活繼續，就跟我們得知那件消息前一樣。

一週一週過去，一個月一個月過去，我們重拾自然的節奏，工作、用餐、睡覺，生活找到平衡的方式。這是我們生而為人的渴望，安全踏實也穩定。

不過，劇烈重組的卻是我自己的內在循環、我的內在世界，沒有人注意到，連葉兒也沒有。泰倫斯那次造訪不到三個小時，並沒有額外占用我們多長時間，卻意義深遠，造成斷裂。

日子累積成週，星期累積成月，一年過去了，又一年，我們繼續生活。

不過，我每天都會想起他的來訪。

我跟葉兒幾乎不談那件事，我一提起，她通常會改變話題。我得知自己進入初選，便開始想像未來，可能會有什麼結果，也許會或不會發生的事情，兩種結果可能帶來的狀況，去或留，好與壞。我也開始想到過往，我的過往，一切開始之前，帶我來到這一刻的所有事件，多麼嚴肅的玩意兒。我許久沒有回想過的重大回憶，特別的回憶有如浪潮，一一打向我，我開始回憶起一開始與葉兒住在這裡的頭幾年，以及我們那時的生活。

我當然沒有告訴葉兒這些，我跟自己說好了，如果可以，我盡量自己搞定這件事。保護她，讓她忘了這回事，當我自己就好，彷彿什麼也沒有改變，彷彿一切都是原樣，雖然並不是這樣如此。不過，這是我對她的責任，我不希望讓她擔心、難過。泰倫斯出現在我們的生命裡只為她帶來擔心與難過，他短暫的造訪撼動了她。我想要假裝一切都跟以前一樣，彷彿一切都很正常，我也只能以這種態度行事。

早上起床後，我就去穀倉，我餵雞、在室外逛逛；我回家沖澡；我們吃早餐，我們工作，我們回家吃晚餐。某些夜晚葉兒會彈鋼琴，我喝一瓶或兩瓶啤酒；我們聊起這天的生活，講述任何有趣或不尋常的事件。隔天同樣的步驟再來一遍。

那就只是陌生人一次短暫無害的造訪，為什麼會帶來如此影響、如此力度？我覺得不該如此，根本沒必要。無論未來怎麼樣，我們此刻的關係都不該受到影響，我該聚焦在當下。我們跟以前一樣，是一對夫妻，我的責任就是當我自己就好，當我一如既往的自己就好，這是為了葉兒好。

我們的例行公事都沒有受到影響或改變。不過，雖然這麼想，我還是感覺到自己不一樣了，我感覺到自己變了。

第一次看到葉兒時，我與她隔著一段距離。這是我最清晰、最明確的記憶，最近我經常想起。自從泰倫斯登門過，我就一直憶起這個畫面，一再於腦海中播放起來。

我看到她的時候，周圍都沒有別人，就只有我們。她看起來如此嬌小，這是我注意到的第一件事，我停下手邊的動作看著她。我排開腦袋裡的其他思緒，我想從頭開始細細回憶。

正值夏天，陽光燦爛，我找到一處陰影遮陽。我好渴，卻沒有帶水；我搬了好幾個小時的物品，還有很多沒有搬完；我們那時還很小，只是孩子，特別是她。白天即將過去，天氣潮潮的，足以讓你放慢速度，足以讓你思考困難。她穿了件白色T恤，袖子剪掉了；她把頭髮紮成鬆鬆的包頭，幾綹秀髮披掛在臉龐周圍；我坐在樹下的泥土上，彎著腰，手肘撐在大腿上。

我不認得她，這不意外，這是好事。我想知道、我必須知道她是誰。不只是因為我不認識她，這只是一部分原因，但這不是我坐在土地上，待在樹下，靜靜看著她的主因，而是因為我就是在等這一刻，就是這一刻。

我點起香菸，我將貼著額頭的頭髮往上抹開，又濕又黏。我吸起菸來，想起那時我躺了下去。我保持這個姿勢好一會兒，抬頭看著樹葉、樹影、樹枝，以及上方的天空。抽菸。這一刻所有的動態都是一致的，我不用聚焦在單一事物上。她在這一切事物的後方，她就在那裡，我沒有揮手。

我們那天甚至沒有交談，一個字也沒有。我們不認識，但我感覺到了某種連結。我在馬路的另一邊，我一個人，我以為只有我一個人，直到我看見她。她完全不曉得她對我造成的衝擊，渾然不知，就算在那時，這就是她對我產生的魔力。

看著她，我因此問起自己在做什麼，想要什麼，渴望什麼，我能做些什麼。不只是那一刻，而是先前所有的事件，都帶領我走到這一刻，在陽光下，雙手又髒又痠。我這輩子似乎記不得任何人的名字，那些人名對我都沒有深遠的影響。不過，那一刻，我知道事情可以不一樣。如果我知道她的名字，我就會好好記在心底。這就是她早在我們邂逅之前對我造成的影響，她造成了改變。她在那裡彎著腰，全神貫注，用路邊的小水坑洗手。我知道就是她了，我是最適合她的人，我的人生在我見到她的那一刻起才正式開始。

天底下是不是有些事注定會發生？有些事就是無法解釋，有人稱其為宿命，也許吧。也許我們不該知道太多，也許我們繞行的軌道早就注定好了。雖然我不信這些東西，但我可以接受。你可以保有某些信念，但不一定要始終相信。

後來，我開始思索有沒有其他的可能性，事情會不會有一樣的發展。我會不會在別的時候，以其他方式見到她？這一切是不是注定會發生？你也聽過這種說法——命中注定。這是唯一的可能嗎？成或不成？命運或是巧合？就只有這個機會嗎？讓我看到她，注意到她，想起她，回憶起這一切？

我曾經慎重考慮過要走另一條路，我甚至不記得我在那段路上做什麼。我沒必要待在那裡，我們的命運卻覺得有其必要。我們用自己的方法找到了彼此，我們發展且昇華了我們的關係，可以預測的關係，穩定、必然、平凡、規律、栩栩如生的關係。一天結束，另一天又開始了，周而復始，這是令人放心的節奏。

我不是觀察入微的人，我只看得到眼前的狀況，其他的不重要。重點是什麼？何苦費心留意周遭一切細節，滿腦子都是無關緊要、枝微末節的瑣事與額外的資訊呢？會發生的事情就是會發生，就算注意到了也沒有意義。

真不曉得若問葉兒我們邂逅那天的狀況，她會怎麼說？她會記得嗎？我不確定。我也不確定我想不想知道，不過，我會好奇。我們大多的日子模糊成一團，沒有留下特別的印象。也許哪天我會鼓起勇氣問她。

我第一次看見她的那件白色 T 恤還在，袖子剪掉那件，我沒告訴過她那件衣服對我的意義。她很少穿了，但她穿我都會注意到。我很高興她不常穿，衣服總擺在她的抽屜櫃裡。她越穿，就得越常洗，越洗，料子就會變得更稀薄，那件衣服原本就單薄且磨損了。我知道這很蠢，但我不希望她把那件衣服完全穿破，我希望那件衣服可以一直存在。

這次來得比較早，但肯定沒錯，我當下就知道了。同樣獨特的綠色車燈，在幽暗的光線下特別顯眼，我認得這燈光，我還記得。這次車子沒有暫停在巷子盡頭，黑色的轎車直接轉上來，繼續朝我們家前進，沒有停頓。我看著他下車，將褲腳上的某個東西拍掉。

自從泰倫斯上次造訪，已經過了兩年，兩年又幾個月，但他再次回到我們寧靜的農場。就跟他說的一樣，他也許還會再來。

從這裡看來，他沒有變，嬌小纖瘦，長長的金髮。同樣的西裝，沒打領帶，白襪子，黑色公事包。

在門上大力敲門，叩叩叩叩叩。

不曉得葉兒有沒有聽到。我走去開門。

「朱尼爾，你好。」他喜孜孜地說。「真高興見到你。」

我說：嘿。

我們沒有握手。他一手攬著我的肩膀，有點像是拍，又有點像是捏。我退去一旁，讓他進來。這時我才注意到他有了歲月的痕跡，不明顯，很幽微。他的臉看起來比之前更消瘦，更刻薄，他的雙眼變得沉重。泰倫斯看起來有種鼠輩般的特質，不只是他的臉，而是他的軀體，他的姿態。

「你氣色不錯。」他說。「已經不見囉，你怎麼樣？」

我說：我很好。不確定葉兒有沒有聽見你過來，她在樓上。

「所以她在家？」

我說：對。

「沒必要叫她下來，這樣我們才有機會敘敘舊。」

我們尷尬站在原地，就在門口。

「都在忙些什麼？」

我說：工作、家裡、生活，我們很好。

「很高興聽到你這麼說，你感覺都不錯嗎？」

對，很好，沒得抱怨。

「太棒了。」他說。「非常好，振奮人心。咱們的小亨麗葉塔怎麼樣？」

他隨口將「咱們」、「小」與葉兒連結起來讓我內心糾結了一下，彷彿他認識她一樣。他才不認識她，他根本不了解我們，我們跟他才不是朋友呢。

我沒有太多表情，說：她很好。

我沒有說自從他上次來訪後，葉兒有多慌亂，變得沉默寡言，以及後來幾週她對我的態度。更沒說她花了多久才恢復正常。的確，那是許久以前的事了，但我不希望這次歷史重演。我沒有告訴他，因為這樣，因為他對葉兒的影響，我因此打從內心仇視起他來。我再次檢視他的面容，那雙小小的眼睛，薄薄的嘴唇。他太雀躍，太得意，太有自信，不適合來我們家。我不喜歡這樣。他整個人感覺假惺惺的，散發著搞小動作的氣息。

「過了真久，你有沒有想我啊？」他說，然後自顧自大笑起來。「抱歉，我只是覺得上次是很重要的拜訪，帶來大新聞。有時好消息會影響一個人的身心狀態，也許會產生精神上的浩劫，我只是希望一切都很平順。」

不，我心想，一切並沒有很平順，至少好一陣子都沒有平順下來。

我說：我們有事情要做，我們有生活要過，我們不可能坐著擔心可能不會抵達的未來。

「我明白。」他說。「這樣很好，這才是正確的處理方式。所以你說，前陣子對你們來說都很正常？你沒有覺得焦慮？一點異樣也沒有？沒有大爭執或產生問題？」

我轉頭大喊：葉兒！

我覺得她也該聽聽這段對話。

葉兒！我喊得更大聲了。

她沒回應。也許她已經知道了，也許她不願下樓再次面對這個男人，也許她在上頭憂心忡忡聽著我們交談。我聽見她在我們上方發出的輕巧腳步聲。

「來了。」她從階梯上方喊著。

我說：來這裡。

她緩緩下樓。她一到樓下，就看到泰倫斯，然後微微點頭示意。

「亨麗葉塔，很高興再次見面。」他說。

「泰倫斯，你好。」她說。

她的語氣立刻變得無奈起來。

「朱尼爾剛剛才說到你們的狀況呢，聽起來一切都很……順利。」

她走到我身旁，雙臂環抱在我身上。她很少這樣，很少率先展開肢體接觸。

我很詫異，還要強忍住退開的慾望。

「對。」她說。「我們都很好。」

「我們坐著談吧？」他說。「我有新消息。」

這次不用帶路，泰倫斯顯然記得客廳在哪。我們走了進去，泰倫斯領頭，我們坐在他上回來訪時的同樣位置，泰倫斯坐沙發，葉兒跟我的椅子並排在他對面。兩年過去，但有什麼改變嗎？屋內陳設沒有更動，一切都還是老樣子。

「我很高興，也鬆了口氣。」他說。「其實是快飛上天了，你們居然還——」

我打斷他：快說，直接告訴我們消息的內容，這就是你來的目的。

葉兒很冷靜，她對我的聲音毫無反應，甚至沒有抬頭。

泰倫斯笑了笑。「當然。」他停頓了一下，挺直身子。「朱尼爾進入決選名單了。」他等著我們消化這個消息。他想表現出自然的樣子，但我相信這是他工作步驟的一部分，就是要在分享這個消息時進行這種戲劇性的暫停。他期待地看著我，然後望向葉兒，不一樣的表情，我無法解讀背後的意涵。他說：「我太興奮了，實在太激動了，你距離上太空又進了好大一步！」

我跟葉兒互望起來，她用雙手梳起頭髮，看起來沒有驚嚇，倒是很累的樣子。

「所以他肯定會去嗎？」她問。

「不，不一定。」他說。「但他進了決選名單，所以現在機率大增。」

葉兒一手放在我手上，又是罕見的肌膚接觸，肯定是做給他看的。

「時間表呢？」她問。

「咱們先別想太遠。」泰倫斯說。「無法保證什麼，但最終的幻想已經接近現實了。」

我心想：誰的最終幻想？

我說：不過，話說回來，這件事根本沒有改變什麼，對不對？就跟之前一樣，我們還是處在不上不下的狀態之中。

「對，我知道這種情況也許令人沮喪。我明白。不管怎麼說，未來還是不明，但我覺得進入決選名單還是改變了什麼。」他說。「我們前進的方向對了，對於那些沒入選的人，我覺得於心不忍。我們三個人同步前進，必須聚焦在事實上，聚焦在真相上，而不是假設之上。這就是重要的發展，我們有很多事情需要討論，我這次來訪會占據你們多一點的時間。當然，有疑問是很正常的，我們都會一一解決。」

我低下頭，搓揉起閉上的雙眼，感覺到葉兒輕捏我的大腿。

「兩位，拜託！這多令人期待啊！」泰倫斯說。「我們得到授權，計畫要帶領名單上的每個人前進，我可以向你們保證，我們不是走一步算一步。」

我問：我們怎麼可能不去想假設性的問題？我是說，幹嘛通知我們？我問。明明最後入選的機率很低，我們根本無法確切掌握一切。所以重點到底是什麼？

他露出辯解姿態，舉起雙手，點點頭。

「不，我明白，我真的懂。我知道距離我上次造訪到今天之間，你們一定覺得……不尋常。」

最後三個字他是對葉兒說的。

「但我有問題想要請教。」他說。「而這是我希望你們兩位都仔細思考的問題，那就是，你想過的是庸庸碌碌、中規中矩的生活嗎？這就是你們的雄心壯志？」

葉兒坐直身子，仔細聽取他要說的話。

「你們想成為面目模糊人群裡的其中一員嗎？還是，你們想成為與眾不同的一分子？這點超越一切，就是重點中的重點。」他說。「也就是一個機會，成為升級版的自己。」

焦點顯然轉移到葉兒身上，剎那間，我彷彿不在場一樣。

「泰倫斯，話你都講得冠冕堂皇。」葉兒說。「『升級版的自己』。」

我說：我們沒有要求這一切。

「對，你說得對，你們是沒有，卻得到了一個罕見的機會，雖然此時結果尚未出爐。不過，為什麼狀態不明會成為一種累贅？不需要啊。恰好相反，這種狀態反而是一種覺醒。我指的不只是建設計畫，在那之前就可以覺醒。無論最終結果如何，這都是可以跳脫出每天、每週、每月、每年一成不變例行公事的機會。話又說回來……」他看著葉兒，為什麼？他為什麼如此聚焦在她身上？「這是屬於你們兩人覺醒的機會，天底下有多少人日復一日活在某種朦朧之中，移動行走，毫無感受？庸庸碌碌卻無法全神貫注、感到期待，或重獲新生？多數人甚至不會去想可以成就的全面存在，他們真的想不到。這就是我們在遠方無垠努力的願景，你可以說這是我們公司的哲學思想、我們的道德準則。真實、正直的存在是可以成就的，任誰都可以，這就是我們的企業理念。」

存在是可以成就的？我問。

「存在是可以成就的！沒錯，朱尼爾。你透過各種決策、感知、行為形塑你的存在，這就是我們遠方無垠的企業哲學。舒適、慣性的活動是最可怕的牢籠，因為鐵柵是隱形的，在這種牢籠之中，你永遠學不到新事物。我們希望人類能夠學習，不只是習慣新環境，還要認識不一樣的自己。維持現狀不該是現代人的使命，這遠比建設計畫重要多了。你明白我的意思了嗎？我是提供兩位一個機會，覺醒！」

「他們叫你講這種話喔？」葉兒說。「你大可省點口水。」

我聽得出來她是認真的，葉兒本性強悍，她對這一切都很不滿。

「沒有人告訴我該說什麼，要知道，我比你們花了更多時間思考這些事。我喜歡你，喜歡你們兩位，真的，我希望你們能夠覺得自己有掌握的權力。我只是覺得你們觀察的方向不對，我只是想幫忙，這是我的工作。你們還不知情的時候，這就是我的使命了。這不只是一份工作，而是一項執著，我全心全意相信的使命。」

我說：但你不會因此受到影響，對嗎？不像我們，我們才在魚缸裡頭。

葉兒轉頭看我，我的話語讓她意外，她探尋著我的雙眼。

「我當然沒有受到那種影響，對，但這場冒險……對我，對你們的生活來說同樣重要，這件事會定義我的整個職業生涯。你們在金魚缸裡，對，但我也是！我們都在金魚缸裡！」

「那接下來呢？」葉兒問。「我們今天會了解其他資訊嗎？你還有要說什麼嗎？」

消失的是泰倫斯首度來訪後那種緊繃的感覺，那種感覺一直在家裡蔓延了好幾個禮拜。葉兒的肢體語言不一樣了，她垂頭喪氣，腳踝交叉，這次看著我的神情彷彿認命了。

「我會與兩位進行長時間的對話，有些步驟必須走一遍。」

步驟？哪些步驟？我問。

「就當成訪談吧。」泰倫斯說。「這樣的訪談可以協助我們、協助你們為可能的結果做好準備。」

「什麼時候進行？」葉兒質問道。

「明天就開始。」泰倫斯說。「我不想讓你們今晚應接不暇，一天得知一則好消息就夠了。如果可以的話，離開前我想麻煩兩位給我一杯水，好嗎？」

葉兒與我對望，她起身離開客廳。

她一走，泰倫斯就將公事包裡的螢幕拿出來。他開始做記錄，或是寫訊息給某人。然後他拿起螢幕，瞄準客廳各處。

他在拍照，我確定他在拍照。

「別管我。」他說。「我只是要蒐集一些資料，別擔心，這都在程序之中。可以看我這邊一下嗎？」

我直直盯著他的臉，他卻用螢幕對著我。

喀嚓。

在我能阻止他前，他就拍下去了。

「謝謝。」他說。「好了，在她回來之前，我有幾個簡單的問題。你知道，男人之間的疑問。朱尼爾，葉兒是怎麼跟你說的？講實話，如果你說實話，這樣對我們都比較好。」

什麼意思？我不懂他在影射什麼？我跟葉兒之間沒有秘密。

我問：怎麼跟我說的？跟我說什麼？你這話什麼意思？

在我能說其他話語前，葉兒就端著水回來了，直接放在他面前。

「啊，對，太好了。」他說。「亨麗葉塔，謝謝妳，我還記得上次你們井裡的水有多冰涼順口。」

他一口氣喝完一整杯。

「我忍不住好奇。」他說，然後轉頭面向我。「朱尼爾，我實在忍不住好奇，你能不能回想起之前的生活。」

什麼之前的生活？我問。

「遇到葉兒之前的生活。」他說。

遇到葉兒之前的生活，遇到葉兒之前的生活。

要回想之前的事有點難，不是我不願意去想，而是那些時光不重要。

最要緊的是當下，不是過往。葉兒才是最重要的，她是我的焦點，我的一切。我小時候微不足道，不值得記住。每個人都有自己的社交區域，我也有屬於我的位置，平凡無奇、毫無特色、無關緊要，我只是一個具體的統計學數字罷了。

我一向清楚這點，但一直到最近，我才發覺，每次回憶過往，我都明顯想不起來。回不去，真的回不去了，我完全想不起那些歲月，我只能往前走。我冷漠走過寂寞光陰的道路，是葉兒改變了一切，她賦予我使命、存在的理由。

我拒絕回到過去，根本沒必要，我不用因為泰倫斯要求，就去回想，我又不是他的寵物、他的玩具。在那些早年的歲月裡，我沒有什麼意願去回想或思考的，一個人儲存記憶的心智空間就這麼多，實在沒必要揮霍這些空間去裝過往的一切。那時的我不是真正的我，而是別人，是此刻的我較為遜色的版本。

絕望不喜歡落單，絕望不喜歡被落下，絕望想要同伴。不過，我沒有感覺絕望，現在沒有，未來也不會有。

真的，在遇到葉兒之前，那個時候，真的一則回憶也不明顯，一切都攪和在模糊的雲霧中。

我猜像我這種人，遺忘輕鬆多了。

吵醒我們的是他的巨大敲門聲，叩叩叩叩叩。我先聽到，我在床上坐直身子，一開始覺得困惑，然後敲門聲變得輕柔。泰倫斯昨天告辭時，我跟葉兒還坐在客廳裡，我們沒有送他出去。我望向葉兒，她無力地趴在床上，薄薄床單下的我們一絲不掛。她嘆了口氣，睜開雙眼。

「幾點了？」她問，臉頰還埋在床墊上。

我一直覺得這是葉兒看起來最美的時刻，剛沖完澡啦，晚餐後吃得飽飽的坐在那裡啦，還有一早眼皮浮腫、頭髮亂翹的時候。今天早上看著她醒來時，我又想到這件事。

「天還沒亮。」她說。「該死，連咖啡都不讓我們喝。」

又是一陣輕輕的敲門聲，這次一點也不急迫躁進，一開始的時候可不是這樣的，差點就聽不見這敲門聲了。

我說：對，肯定是他。他有說他會這麼早回來嗎？

「應該沒有，但，你知道的。」

她翻身仰躺，雙手掩面，揉起腫脹的眼睛。

我說：我來。

我起身穿上內褲跟短褲，抵達前門，此時他正要再度敲門。

「吵醒你們了嗎？」他問。

沒錯，現在幾點？

「五點半。」他說。「咱們今天行程滿滿，所以我昨天才提醒過你們了。」

我才不記得什麼提醒，他根本沒有提到特定時間。現在不重要了，我們醒了，他人在這。

我說：進屋吧。

這次我帶他去廚房，我請他坐，然後打開餐桌上的燈。這個男人對我們瞭若指掌，對我們的生活瞭若指掌，但在這一刻前，他只見過我們的門廊、浴室跟客廳。

葉兒等等就下來。咖啡？我問。

「一點水就好。」他說。

葉兒進來時，我正在水槽上替他裝水，她穿了平常的短褲跟黑色坦克背心。她走到我身後，往咖啡壺邁進，她將咖啡粉用湯匙舀進濾紙裡。她咳嗽幾下，清清嗓。

「早安。」泰倫斯說。

「嘿。」她說。

我告訴他們，我等等回來，然後前往浴室洗臉刷牙。我站在走廊中間，希望聽見他們交談，想了解他們會聊什麼。不過，意外的是，他們什麼話也沒說。

回到廚房時，咖啡緩緩滴進玻璃瓶裡。葉兒站在餐桌旁，一臉茫然，面前是等待咖啡的馬克杯，她用食指捲起頭髮。

「事實上，朱尼爾。」泰倫斯說。「我剛剛正在跟亨麗葉塔聊天，如果可以，我想跟她繼續聊一下，就我們倆。然後我跟你之後再聊。」

但他們根本沒有交談，如果有，我在外頭就會聽到。

我問：你想單獨談？

「對，那樣最好了。」

葉兒點頭同意。

我說：好，我喝完咖啡就走。

我們靜靜等待咖啡泡好。咖啡機發出嘶嘶聲，壺子裝滿了，我還是沒有離開的動作。真不曉得他為什麼想要分開進行。

「我們只要差不多十五分鐘就好。」泰倫斯說。

我將咖啡倒進我跟葉兒的杯子裡，然後將壺子放回去保溫。

我說：我去穀倉。

我們結婚那天是我印象最深刻的事件，對夫妻來說肯定都是如此。我跟葉兒在我們交談後三週又一天的時候訂婚，距離我首度見到她不過才兩個月。我們在室外舉行秋季婚禮，這是我一直想起的事情。那年秋天特別熱，我脫下外套，將袖子捲到手肘。葉兒穿了她最喜歡的洋裝，軟軟的棉布材質，上頭有紅色的垂直條紋，她看起來像可口的薄荷糖。

儀式本身花不到十分鐘，十分鐘後，葉兒展開了新的人生，我也是，兩人一起的新開始。她說她終於能夠永遠拋下過往，我已經這麼做了，對我來說比較簡單。

我們手牽手站在那裡，我不想放開她。主持婚禮的人要我們接吻，我們接吻，然後就是正式合法的丈夫與妻子。我們會永遠相互扶持，兩人一起，至死不渝。這是我這輩子第一次見到渴望的未來，而這種未來不只讓我期待，也讓我覺得寬慰。我想要的、我所擁有的，那時就活生生也明確地站在我面前。

我對葉兒說：敬新的開始，新的起點。

她再度吻我，我看到她雙眼噙淚，這是充滿喜悅與愛的淚水。

我讓他們在屋內談話。談什麼？我不確定。我通常喜歡一個人待在穀倉，沒錯，我不希望葉兒覺得遭到冷落，但我喜歡這裡額外的幽靜，我可以有自己的時間，但今天卻覺得我是被趕出來的。

我跟雞隻一起待在穀倉裡，牠們對我沒有什麼興趣。牠們很好取悅，五分鐘，十分鐘，半小時，甚至幾個小時，在穀倉裡的感覺都一樣。我把廚房剩下的食材邊角料、水、穀物給牠們，牠們很高興見到我。或是，就算不高興見到我，牠們也沒有表現出來。我甚至不介意味道了，習慣了。在這，我可以當我自己，更重要的是我可以思考。

我替牠們填補糧桶，看著母雞到處啄食，牠們喜歡分散開來，探索每一寸穀倉。有些立刻去吃穀物，有些則無視穀物，繼續隨機用爪子抓耙地面，偶爾抬頭看我。牠們時不時會挖到小蟲，當場吃掉。

我把雜糧袋放在牆邊，走到穀倉唯一一扇窗戶旁。窗子小小的，上頭有灰塵與污漬，左上角還有一處裂痕。我吐口水上去，抹了抹，增加了一點「能見度」。我可以看到我們家，我可以從穀倉看出去，看到我家廚房裡發生的一切。我看著泰倫斯還坐在餐桌旁，但葉兒在哪？也許他們已經談完，她離開了。泰倫斯沒有開口。一隻雞磨蹭起我的腿，我低頭，用腳輕輕拍拍牠，牠就跑去跟其他雞待在一起了。

我轉頭望回屋內時，這才看到她。她現在站起身來，她還在廚房裡，剛剛只是被擋住而已。她起身來回踱步，激動地開口，手勢也不少，她的態度比平常活潑許多。泰倫斯就只是坐在原位，也許是用螢幕做記錄，我看不出來。我覺得他們在爭執，我了解葉兒，我認得她的姿態與肢體語言，這場對話顯然增溫了。

我很意外，我看過他們相處這麼多次，葉兒幾乎沒有對泰倫斯開口過，我很驚訝她居然可以用這麼自在的態度與他這個陌生人交談。她可能是在跟他講些什麼？她壓抑了這麼久，就等著跟他獨處？她為什麼這麼激動？她指著他，指著泰倫斯，這個她才見過兩次面的男人，她根本就不認識的男人。他示意要她坐下，她不坐，她還站著，對他講個不停，她就是不肯退讓。

我繼續觀察，直到葉兒離開廚房。無論她為什麼生氣，無論他們在談什麼，氣氛都很緊張，充滿張力，而且沒有談出結論。

我回到屋內，看到泰倫斯還在廚房桌邊，他一個人，沒看到葉兒。

「朱尼爾，時間抓得剛剛好。」泰倫斯說。「我跟葉兒剛結束呢。」

我問：一切都還好嗎？我知道事情不對勁。我看到了，一切都亂了套。

「當然好，你怎麼會這麼問？」

我沒告訴他我從穀倉的小窗戶看到了一切，我看得到廚房裡頭，我了解葉兒，了解她、看懂她的肢體訊息是我身為丈夫的責任。

你們聊了什麼？

他又在螢幕前忙了起來，回答時還盯著螢幕。「一些普通的話題，沒什麼。」

我說：是嗎？你了解葉兒嗎？

「我當然了解她，就跟我了解你一樣，朱尼爾。」他放下螢幕盯著我看。

他了解我？才怪，一點也不了解。

「好了，過來一下。」他站起身來。「你坐在這，對，這就對了，謝謝。你有沒有訂製西裝的經驗？假裝你是在訂做西裝，好嗎？放輕鬆。你看起來有點緊繃。」

我說：我沒有緊繃，我只是不習慣這樣。你在幹嘛？

泰倫斯對我拿起他的螢幕。

「進行測量。」

測量？測量什麼？我以為我們要談話，你想進一步了解我。

「正在啊，我們可以一起進行。我可以替你進行測量，同時進一步了解你。這是要存進資料庫的，現在你入圍決選名單了，我們需要蒐集一些資訊。」

你有替葉兒測量嗎？我問。

「沒有，沒有，只有你需要，我跟葉兒只是聊聊。」他用稀鬆平常的語氣講話。「她真的很棒，你真有福氣。對，手拿起來，這樣舉著。」

感覺很不自然，甚至很不舒服，但我不知道抗議有什麼意義。我得耐心點，仔細思考，並等待正確時機。

「工作怎麼樣？」

我說：很好，就是工作，那邊沒什麼變化。

「我感覺得出來這一區有點衰落，沒有批評的意思，只是指出事實。我知道過去幾十年，城市成長了許多，比較小的城鎮跟郊區都受到影響，城裡很多人都忘了外頭這裡還有人居住。」

對，這幾年很多人都搬走了，沒有多少人留下來。這附近生活不易，工作機會不多，偏僻會讓人沮喪，某些人啦。

「但你們還待在這，你跟葉兒，這是你們的選擇嗎？」

我說：如果你是說被迫的，那的確是沒有。我們只知道這個地方，我們所需的一切都在這裡。葉兒滿意現在所理解的一切，她不會想去別的地方生活。

「那你們真是幸運。」

我點點頭。

「所以你覺得你們的確作出了決定，對嗎？是你選擇要跟葉兒待在這個荒郊野外？」

我不確定他在問什麼，這算什麼問題？

我再次點點頭。

「這很重要，這跟我們在遠方無垠所進行的一切息息相關。我覺得一般人不明白這點，他們以為我們的動機是金錢與獲利，但我們更關心人、社區、進步與自由意志。這是我們的執著，還有人類該如何以健康的方式適應、共存。」

我說：但企業的確會執著在金錢上，不得不如此。

「不，不見得。這是一種運動，一種適應方式，重點在於進步，在於推展人類潛能的極限。記住，往另一個方向的發展也會發生——人類的潛力也是會縮水、減退的。」

這種大話講起來真好聽，但我實在不相信，我在工作時就看清了這點。我說：每件事的發生或多或少都跟錢有關。

「意圖很重要。」他說。「現在頭稍微後仰一點，像這樣。」

他移動到我身後去。

你在幹嘛？這是訪問的一部分嗎？

「不是正式的訪談，但沒錯。我們交談過程中，這臺電腦正在蒐集數據，好比說你排出多少二氧化碳。請問你多久剪一次頭髮？」

剪頭髮？一年剪個幾次吧？

「你去哪剪？」

我去哪剪？你是說，誰剪的？我自己剪，或是葉兒剪。葉兒呢？她在幹嘛？她是不是生氣了？

我感覺到螢幕碰觸到我髮尾下方的脖子底部，感覺溫溫的，應該說燙。

「抱歉。」他說。「再一下就好。」

其他還有多少人？

「抱歉？什麼意思？」

你還要跟其他多少人見面？這樣，去他們家，蒐集數據。

「不幸的是我不能談論其他人的狀況，上面不允許。其實也可以理解，要我跟別人討論你的事情，我也會覺得不舒服。這是公司政策，想必你可以理解。你跟葉兒住過別的地方嗎？」

我不喜歡這個問題，我覺得煩。

我回答：我們只住過這間屋子。

「你跟她不會覺得這裡太安靜了嗎？」

我說：不會，我已經講過，我們喜歡安靜，喜歡遺世獨立的感覺。

「會覺得寂寞嗎？」

我思索起來。

我說：不會，我不是會覺得寂寞的人。

我聽到他在螢幕上輸入的聲音。

「好，但如果你中選，對你來說就會不一樣了。你會跟其他人住在一起，有陣子會住得很近，對你來說可能很難適應，但至少生活區裡的氣候是可以人工調節的。」

但我沒有選擇的餘地，對嗎?就跟現在一樣，坐在這裡，任你測量。我根本沒辦法做什麼，所以該怎樣就怎樣吧。

螢幕往上移，緩緩從我的頸子移到我的後腦勺，我聽到也感覺得到螢幕作業的聲音。泰倫斯繞到我面前來，不過，他很謹慎。

「可以把腳抬起來嗎？」

我的腳？

「對，需要一點時間。」

你是說這樣？

我抬起雙腳。

我問：我其實沒得選，對吧？

「事實上，可以請你把腿伸直嗎？這樣比較好讀取，來，放在這上頭。」

我把雙腳擱在他拉過來的椅子上。

我說：這樣看起來有點太超過了，我不明白。

「太完美了。」

這是在幹嘛？

「測量你的腳掌。」

你為什麼需要測量我的腳掌尺寸？

「程序，一切都很重要，每個步驟都照程序來。」

我說：如果我跟你對調身分，你還會不會這麼說？

他停下手邊的動作，看著我。

「朱尼爾，我明白，我都懂。這一切需要消化，過程不理想，但也許不會這麼平順。」

你說得倒輕鬆。

「不，真的。想想我們可以開著廂型車過來，將你五花大綁，扔進後座，直接把你載走。」

我沒說話，因為我不曉得該怎麼回答。

他笑著退了一步。「我們不會那麼做，但你知道，我只是想要讓你感覺一下。」

我現在覺得焦慮感蔓延，說：根本沒有什麼好感覺的，眼前根本沒得選，那種情景只是晚點發生罷了。我可以把腳放下來了嗎？

「可以了，沒事了，謝謝。如果可以的話，我現在想接著聊下去。」

我寧可不要，我想獨處一下，我想去看看葉兒怎麼樣。

我說：我要喝點咖啡。

「沒問題，沒問題，照你平常習慣來就好。」

我將咖啡倒進馬克杯，回到餐桌旁。泰倫斯坐在我對面，他把螢幕放在我們之間，雙肘撐在桌上，雙手交握搓揉起來。

「所以……你們家，跟我聊聊你們家。你們搬進來的時候，屋況如何？」

剛搬進來的時候？

「對。」

不太好，我們很清楚。我們知道要費勁整理才能住進來，那不重要。你看到現在的屋況了，當時糟得多，我們清理過並重上了油漆。

「你很擅長那種工作嗎？修整、建設？」

對，那些我都可以，我做了很多相關的修繕。不過還沒有完全結束，這是持續的過程。

「你們立刻搬進來？」

結婚後就搬進來，沒錯。

「是空屋嗎？」

多數空間是空的，我們偶爾還是會在地下室或閣樓裡發現前人的物品。奇怪的問題，新家入住時的屋子不都是空的嗎？他怎麼會知道我們家一開始不是空的？

「在這種老屋子裡，我相信總會有驚喜。那些日子你印象最深的是什麼？你們兩人剛開始搬進來的時候？」

我說：我記得我們很快樂，很高興能夠擁有自己的家。

「你能回想起任何細節，或比感覺更強烈的感受嗎？」

我說：細節人人都能回想，但不代表那真的「發生」過。

我等著他看向我，他終於望向我的雙眼。

「朱尼爾，說得有道理。」他說。「你說得沒錯。」

我跟泰倫斯談完之後，他跟小狗一樣，尾隨我去外頭，我則忙起雜事來。他一直強調「按照我的習慣來就好」，他只是想在一旁觀看。一個徹頭徹尾的陌生人跑來我家，看著我忙進忙出，觀察我的一舉一動，還做筆記，我是要怎麼「按照我的習慣來」做事？

不過，我盡量了，用平常心來做事。我修剪草坪，拔了點雜草，他用無比的好奇心與趣味感看著我做這些無聊的行為。他用螢幕打了通電話，然後遠離我們家，走到巷子一半的地方，私下講這通電話。最後，我跟葉兒站在門廊上，他則上車打算離開。他要我們別擔心，他晚點還會再跟我們聯絡。

「希望會是好消息。」他說。

他拍了好多照片，測量了很多部位，做了一堆記錄，卻什麼也沒有解釋。知道你也許會離開一陣子，去某個你完全無法理解的地方，這種感覺很怪。

不過，我一直想到的卻是他與葉兒的互動，我在穀倉裡看到的景象。他們都沒有跟我提，他們都以為我不知道。

葉兒晚餐煮了濃湯，我聽著她切起洋蔥，煎起肉塊，我們在外頭用餐。

泰倫斯離開沒有讓我鬆口氣，出現的反而是空虛感，彷彿是我們之間緊密的連結扯到最繃，感覺已經不對勁。我想回到泰倫斯出現之前的日子，但隨著我在湯汁裡把玩起一塊肉，我曉得那已經不可能了，我們已經過了那個點，我不餓。他走了，但我還是感覺得到他的存在，他的雙眼，彷彿這雙眼睛還盯著我看一樣。葉兒跟我一樣，幾乎沒有碰她的食物。

我問：妳覺得怎麼樣？

她沒有回應，她將壓碎的胡蘿蔔跟肉汁攪和成糊狀物。

葉兒？

「是？怎麼了？」

妳都不開口嗎？如果妳不高興，妳大可告訴我。我不曉得妳為什麼不高興，但我們可以談談。

「我沒有不高興。我只是靜靜坐在這裡，這不代表我不高興。不說話可以有許多意涵，此刻只代表我在思考。」

但妳不覺得——

「我們可不可以安安靜靜吃一頓飯，不要分析一切？不要有這麼多問題？」

這是好主意嗎？

「有時我覺得你只能理解此時此刻眼前所發生的事情，雖然現在感覺不一樣了，但我沒辦法立刻忘記過往。我們之間不是一直都很輕鬆，你難道不明白嗎？」

她起身，端著碗去屋內。

焦躁的三個晚上過去，我還在想泰倫斯造訪一事。我一直想著他，想著他的到訪，我必須讓他離開我的思緒。忘了泰倫斯、遠方無垠跟建設計畫吧，心靈可以戰勝物質。

目前這招管用，將注意力轉移到其他層面，我開始得心應手了。我覺得葉兒沒這麼好運，她道歉，因為吃飯吃到一半發火離開，但這道歉不是很真誠，我還是說沒關係。葉兒無法控制她的情緒，我嘗試多問一點，關切她，但她只有用一、兩個字的回答打發我，之後這個話題就談不下去了。

所以我才擔心葉兒，而不是替我自己擔心。我向她保證，我一點困擾也沒有。我想協助她，只要能消除她的不安，做什麼都好。

自從泰倫斯上次造訪後，我注意到她有些新的改變，細微的狀況，她看起來不像她，事情不太對勁。昨晚睡覺前，我走進臥房，看到她站在窗邊，她沒聽見我進來，不曉得我在這。她什麼動作也沒有，背對著我，她望著窗外，一手壓在窗沿上。我們肯定在那裡站了超過一分鐘，我看著她，她看著窗外，然後我向前踏了一步，她聽到地板發出的聲響，便轉過頭來。

她走過來，牽起我的手，帶我上床。她脫下我的衣服，坐在我身上，我們做愛，沒有很久。結束後，她從我身上翻下去，滾到她那一邊，什麼話也沒說。她沒蓋毯子，睡著了，但我沒睡，我一直沒睡。

某人的好消息，通常會是別人的壞消息。我在想其他入圍決選的人家裡有沒有同樣的焦躁不安，日常生活起了波瀾？還有多少人入圍？他們住在哪裡？泰倫斯有太多事情沒有解釋清楚。我有太多疑問，我在漫長的兩年間準備了很多問題，但當他出現在我面前時，我的腦袋卻一片空白。

如果葉兒是因為擔心我會離開，那我明白，如果她說出來，我完全可以理解。我只是希望她能對我坦白，直接說清楚，解釋她的感受，因為這不是我的強項，我猜不到。而我們必須一起前進，一起撐過去，不是單打獨鬥。

我知道她天生話不多，生性嚴謹、低調。不過，如果她敞開一點，跟我多說一點，我就能幫助她。這點我很確定。

我們之所以有這個家，都是因為葉兒。我把一切功勞都歸功於她，因為這個地方是她找的。當我們之間還充滿新鮮感的時候，我們聊得比較多。我們當時急著想多了解彼此一點，那段時間就是這麼過的。那段時間充滿訴說與傾聽，了解彼此，互動、觀察、體驗，很花時間。我想盡量回憶起那段早年的時光，反思、聚焦當時的狀況。

是葉兒說服我去飼料廠工作的，這麼多年過去，我至今還在那裡工作。我記得很清楚，她沒有直接要我去那裡工作。我們交往後不久，談到這件事，如果她要我去做，要我接下這份工作，但誰知道呢？也許我就不會做了，命令會讓我直接拒絕。我告訴她我是怎麼認識飼料廠老闆弗勞爾斯先生的，他主動提出這個工作機會。我們聊了一下時機點，以及這是不是適合我的工作。

「聽起來很不錯。很穩定，勞動工作，飼料廠也不會搬去別的地方。薪水也可以，看起來沒有什麼缺點。」

我們當時躺在外頭樹蔭的草地上，這裡最涼。

我說：對啊。

我們仰躺，雙手枕在腦後，抬頭往上望，只有雙腳相互碰觸。

我們有這麼多話題可以談，但經常聊起的卻是未來，聊幾年後我們會在哪裡，聊我們喜歡卻還沒發生、但可以擁有的一切。

「人必須工作，但也要下定決心。」她說。「不下定決心，事情就不會有好結果。必須作出選擇的人是你，不是我。」

我們以前就是這樣溝通的，有來有回，開放，有趣，互相支持。

如果妳是我，你會怎麼做？我問。

「我會接受這份工作，這是薪資合理的正當工作，也是不錯的經驗。不過，重點不是我會怎麼做，要去工作的人不是我。你想想這個問題的答案吧——你想怎樣？」

什麼我想怎樣？我問。

「我再問一遍喔，你思考一下，你想怎麼樣？」

這時我吻向她，我們接觸時，她閉上雙眼。只要我想，我還能在腦海裡想像起那一幕，一遍又一遍在我腦海中重複播放。這種細節我大可跟泰倫斯分享，如果我要的話啦，但我不想告訴他。

我現在所有的一切，工作、房子、生活，都是因為我的太太，全部都是。因為葉兒，我才是此刻的我，我必須記住這點，永遠不能忘記。她有時喜怒無常，令人無奈，難以捉摸，最近更是非常冷淡。不過，她卻支持我撐過了所有的風風雨雨。我們的關係就是這樣，互相支持，互相接納。沒有人比她更了解我，而這點意義重大。

對我來說，這就是一切。

又是一個無眠的夜，至少對我來說是如此。原因我大概可以理解。我睜開雙眼時，葉兒已經醒了，她側躺，望著我。距離我們上次見到泰倫斯，已經過了一個多禮拜。

「今天會比昨天熱。」她說。「你會因此感到困擾嗎？會影響你的睡眠或心情嗎？」

妳是說高溫？我問。

「對。」

我翻過身，腳跨出去，站了起來。我伸懶腰，咳嗽兩聲，清清嗓子。我很高興她開口提出問題，真新鮮，就跟以前一樣。

我說：我猜我感覺到了，跟妳一樣，我注意到了，但我也習慣了。這裡一直都很熱，不會困擾我，妳越想只會覺得越熱。

「你喜歡這裡嗎？」

我轉回去面向她，她還注視著我。

當然啦，這是我家。

「我知道，我知道，但你覺得在這裡快樂嗎？」

葉兒，妳為什麼要這麼問？當然，我在這裡很快樂，妳呢？

「朱尼爾，你會為我做任何事，對嗎？」

怎麼了？我問。

如果她先前沒有完全吸引我的注意力，現在她肯定成功了。

「一般人真的會在結婚的時候探究原因嗎？我對你來說代表什麼？我對你來說是什麼？」

妳是我太太，我們一起生活，我好像聽不懂妳在問什麼。

「跟我說說婚禮那天的情景。」

她有這麼多問題可以問，偏偏要問這個。我放鬆下來，彷彿是鬆開的閥門，我曉得該怎麼回答這個問題，因為記憶如此鮮明。

我坐回床上，說：那天天氣很好，我經常想起那天，我可以統統告訴妳。

葉兒對我說的話沒有回應或反應，她只是看著我，最後避開四目相視的人反而是我。

「我什麼都可以跟你說嗎？」她問。

對，可以。

葉兒始終話很少，但我想如果她願意開口，特別是在這種情況下，鼓勵她會比較好。

我說：跟遠方無垠以及我要離開有關，對嗎？

「不，不是。」她說。「我不想談那個，我要談的是我們的關係。」

我說：我覺得我們的關係很好。

「不。」她碰觸我的手臂。「我只是想說話，好嗎？我沒有要求你的回應，或解決方式，完全沒有。我只是需要講話，告訴你，我的感受。」

雖然覺得這不是最佳的討論方式，但我還是點點頭。如果她覺得這樣會有幫助，我就該讓她試試看。

「我們已經結婚七年了，時間不算長，但感覺很久。我知道兩年前泰倫斯出現後，感覺不一樣了，但我想得比較多的是他出現之前的時光。我們之間沒有什麼戲劇性或誇張的事情發生，你沒有對我動過手，沒有背著我偷吃過。我的意思是，我不是要特別針對或指責你什麼的，我只是在想我們的互動方式，以及我們住在這個周遭都沒有其他人的地方。我有時會對城市好奇，想像在那邊生活的感覺。我沒去過別的地方，這個念頭讓我覺得害怕也期待，我知道你不會想去城市。我之前沒跟你說過，因為這種話很難啟齒，但說真的，能夠講出來感覺真的很舒暢。」

講這話時，她全程看著自己的雙手，對著自己的手講話，但如今她抬頭看著我。

我說：葉兒，妳會討厭城市的，那裡繁忙、骯髒，又有那麼多人。妳熟悉的世界在這裡，偶爾好奇，可以理解，沒問題，但若長期來看呢？妳不會喜歡那裡的。這裡是妳的故鄉，這裡是妳的家。

她等了一會兒才回答，表情完全沒有透露任何玄機。

「朱尼爾，過去跟未來，你比較常想哪一個？」

我必須思索她的問題之後才能回答。我相信答案是未來，但我不確定這是不是她想聽到的答案。

她嘆了口氣，說：「沒事的，抱歉，我無意一早就用這種問題對你疲勞轟炸。」

我說：不，沒事的，別道歉，妳不用道歉。妳想什麼時候跟我說都沒關係，我希望妳開口。

她對我笑了笑，這是許久以來，她首度對我說的話露出溫暖的微笑。

「如果你覺得我最近很疏遠，那不是我的本意。這不是你的錯，只是眼下時間點對我來說很奇怪。我會盡量努力，真的。」

我知道妳在努力。

「我不曉得該怎麼期待這件事，我怎麼辦得到？這整件事比我們都浩瀚。」她再次望向我。「誰曉得我們什麼時候才會再次見到泰倫斯？但我們見到他時，我們……」

我們怎樣？我問。

「沒事，我不該……我不應該……我不需要說什麼。泰倫斯很無害，就這樣，我要你知道這點。」

妳怎麼知道？妳怎麼知道他不會帶來傷害？

「就我看來很明顯。算了，重點應該是我們、我們的關係。我們之間有很多問題，但你要知道，我正在努力。」

我不曉得該怎麼回應，這是她這幾個禮拜，甚至這幾年來最公開、最誠懇的時刻。我走去窗邊，經過時，碰觸了她的肩膀。穀倉看起來靜悄悄，這麼早起床感覺很舒適。

我說：我去泡咖啡，然後走出房間。

她沒有回話。

裝好咖啡濾紙後，我喊著問葉兒，我還在下面，她有沒有要吃什麼。我耐心等候，但她又不回話了，她很可能上床睡起回籠覺了。我將兩片麵包放進烤吐司機裡，葉兒喜歡黑咖啡，吐司什麼醬也不抹，連奶油也不要，她還喜歡吃冷掉的麵包。

我將吐司跟咖啡拿上樓。

我走進臥室時，說：來，就放這，妳想吃再吃。

「謝了。」她說。

我走出臥室，沿著走廊朝浴室前進，打開水龍頭。我用不著將早餐送上床，但這是貼心的舉動，體貼的舉動。我才將冷水往臉上潑，就聽到她大喊。

「朱尼爾！」

怎麼了？我也提起嗓門。

我跑進臥室，她站在窗邊。她的吐司放在櫃子上，碰都沒碰。

「你看。」她說。

我不用看都知道，他回來了，他又回來了。

「他不該這麼早回來，太快了。」她說，但似乎不是對我講話。

她穿上襯衫，我們一起下樓，她走在前面，我們在門口等著。我盯著地板，我們聽到車輛關門聲，他沿著階梯踏上門廊，我們等著他敲門。

叩叩叩叩叩。

葉兒開門時，身穿西裝的泰倫斯滿臉微笑。他提著他的公事包，但旁邊還有一個大大的行李箱，下面還有輪子。他之前沒有帶行李箱出現過，他用一條小小的水玉點點手帕擦拭自己的眉頭。

我說：說，快說你為什麼來這裡。

「朱尼爾，你中選了。你中獎了。你要出門了，你是建設計畫的一分子了。」

我們回到客廳，泰倫斯將螢幕拿出來，但他沒有做記錄，他在錄音。葉兒坐在位子上，低頭看著自己的雙手，我已經習慣她這副模樣，但不喜歡看她這樣。我心跳加速，這是當然的。

有必要錄音嗎？我問。

「不幸的是有這個必要，這是公司政策。」

我說：我不知道你想聽到我說什麼，我不能說這是我期待的結果。

「重點不在於挑到最好選或最想去的人，這不是抽獎最完善的結果，一定要是隨機的。我們要怎麼在有小孩，或是，呃，有年邁父母的人之間作選擇呢？

中選的人可以放心，因為留在家裡的人一定會得到最好的照顧。」

我說：我不明白，我不懂為什麼不能派想去的人去就好。

「朱尼爾，拜託，這我們都討論過了，你得信任我們。自願參加的人太多了。為了能夠以最好的方式理解上頭的生活會造成何種影響，我們要找的是盡量隨機的人選。假設下一波，也就是永久遷居時，出發的人都是想去的人，這點也不切實際。他們不會回來了。重點在於研究與理解。你知道以前打仗的時候是怎麼徵兵的嗎？如果選到你，你就必須去。這不是戰爭，這是加入某個積極正面、令人驚喜、帶來進步的計畫。」

我說：太瘋狂了，感覺不對勁。

感覺應該派別人去，別人，而且為什麼每次泰倫斯都是一個人來？

他把注意力從我身上移開。「亨麗葉塔，妳還好嗎？」

「好。」這是她首度抬頭，還直直望著他的雙眼。「就好。」

「這個消息似乎沒有讓妳非常意外。」

他的語氣裡帶有一絲冰涼的沉穩，太冷靜了，我不喜歡。

「泰倫斯，你說得對，我沒有非常意外。」

「這是一件好事，妳會明白的。我真替你、你們兩人開心，你們會是歷史的一部分。如果你們有任何問題，什麼問題都好，我願意坐在這裡一一解答，無論會花上多少時間都沒關係。不過，你們也許會想消化一下這個消息。所以，如果你們此刻沒有特別需要了解的，那我就先告辭。不過，我會再過來。」

「行李箱裡是什麼？」葉兒立刻開口。「你之前都沒有帶來。」

此刻我注意到她看起來非常疲憊，她雙眼泛紅，眼皮沉重。

「哎啊，剛剛才說，我要告辭了，但我會回來，這次會待久一點。」

待在這？我問。

「對，我知道這話聽起來有點強迫，但基於我們現在的處境，這是必要的手段。如果你們回想一下我第一次來的時候，其實文件裡就說得很清楚，如果朱尼爾入選，我就會短暫與兩位住在一起一陣子。」

「我可不記得有這點。」葉兒說。「不對，我相信根本沒有討論到這件事情過。你為什麼必須住在這裡？」

我說：我也不記得有這件事。

「這很常見。」他說。「第一次拜訪時要消化的事情太多了，聽到好消息，就很難記得所有的細節。」

「泰倫斯，你為什麼必須待在這裡？」葉兒質問起來。

「因為就是這樣，亨麗葉塔。」他尖銳地回覆。然後他將語氣調整成平常的樣子，過度友善的音色。「我們有得忙囉，要緊密配合，所以我希望你們一起合作。我會回來，但首先，我想你們也許該獨處個幾天。我覺得你們該慶祝一下！不用擔心或好奇未來的狀況了，已經確定了！你們會成為影響深遠、重大計畫的一部分，這是真的，現在進行式。」

妳在幹嘛？我知道壓力很大，但妳已經在那邊瞎忙了一個多小時，我問。

泰倫斯離開後，葉兒就上樓，前往走廊盡頭的房間，也就是客房。我待在客廳，聽著她窸窸窣窣的聲音，直到我決定要上樓搞清楚狀況。

「我想整理這裡，把東西清一清。我想大多數的物品都可以丟掉了，我不喜歡囤積，都是垃圾，我覺得好沉重。我們怎麼會留著這麼多東西？我們在這還沒住到二十年，卻彷彿堆了二十年的垃圾跟重擔一樣。」

葉兒，這些都不是垃圾。

「差不多囉。」她說。

我說：此刻是收拾這個房間的好時機嗎？我原本期待跟妳聊聊，了解妳的感受。

「你打算跟我聊聊我的感受？真的假的？」

對，妳聽起來很意外。

「這不像你。」她說。

哎啊，考慮到眼前的狀況，能討論的可多了。

「對也不對。」她說。「我們此刻已經上船了，我們談什麼都無法改變任何事。」

我說：葉兒。然後朝她走了一步，又說：我很擔心妳。

她神情變了，稍微軟化了一點。

「你在擔心什麼？」

我擔心拋下妳一個人，我走之後，妳怎麼辦？

我沒告訴她我所擔心的一切，我擔心我的離去對我們來說代表什麼。我要離家這麼久，而我所明白、知曉的一切卻都在這裡。

「你臉都紅了。」她說。

我說：只是想告訴妳，這一切讓我感覺很糟。

「相信我，你沒什麼好擔心的。」

我不懂妳，妳裝出一副彷彿這沒什麼的樣子，彷彿每天都會聽說這種消息一樣。我要走了！妳不懂嗎？

現在我真的感覺到自己的臉又熱又紅，感覺得到血液衝上來、流動的感覺，很不舒服。而她的第一個反應卻是跑上來，遠離我，在這一刻開始整理老舊物品。我想這是讓我覺得最苦惱的行為，我越想就越覺得難過。

「我的反應就該是這樣，好嗎？沒必要規劃什麼。走一步算一步，就這樣。如果你不能理解，那我也愛莫能助。」

我說：接下來我們就只剩幾天可以獨處，泰倫斯說我們應該慶祝，享受彼此陪伴的時光，難道我們不能至少嘗試——

「嘗試什麼？」

我說：不知道，嘗試享受這些日子？我們該好好把握，我們一起共度的時間變得有限了。

「我腦袋裡有好多疑問，疑問、擔憂、怨言，你根本無法理解，但我只是覺得今晚我最好找點事做，我想有點生產力，而不是去想接下來會發生什麼事，這一切會有什麼樣的結果，未來會是怎麼樣。」

我問：妳有什麼疑問？我坐在地板上，將她拉到身旁。我也想知道，我也有疑問。

我們身邊都是一箱一箱或一疊一疊的物品，她看起來壓力很大，疲憊不堪，我一手壓在她的膝蓋上。

我說：我不想吵架。

「曾幾何時，我們不會吵架。」她說。「一開始的時候，但你不記得了。」

我想了想，但沒有回話。

「我也不是想收拾，只是想找點事做，至少此刻找點事做。不知道耶，一切發生的速度超乎我的預期。不過，讓我擔心的是他現在才說要來跟我們一起住，他為什麼不早點提這件事？」

我靠過去吻她，她用臉頰湊過來，而不是嘴唇。

「這裡這樣子，不適合客人待。」

我閉上雙眼，從她面前退開。

我說：葉兒，泰倫斯不是我最大的擔憂，妳才是。我不在乎他在這裡住得舒適與否，東西堆很多我也不在意。

「反正我很久以前就考慮要整理，我只是覺得我們如果只是坐在那裡討論這些，那對我來說一點意義也沒有，無法改變什麼。你明白嗎？不，我覺得你不懂。這是我的體悟，對我來說，一切都沒有改變。」

我說：沒事的，我知道我們變了，我知道每個人面對改變的方式不同。不過泰倫斯不會在意他的房間是什麼模樣，我不希望妳為了泰倫斯煩心。

「我沒有因為泰倫斯煩心！這一切已經夠煩了！我的生活充滿壓力，朱尼爾！」

這就是他幹的好事，我心想，我們根本沒有要求這一切發生在我們身上。

「他會住在這裡，而我根本不曉得這裡大半的物品是什麼，你不需要這個。」

她的動作又急又快，證實了她的確很不高興，正在生氣，我望著她手裡的手套。

我幹過很多需要使用雙手的工作，搬運、整理，這就是證據，那雙舊手套。才戴了兩個月，掌心的部分就磨破了。我不曉得為什麼會留下這副手套，看起來這麼破爛，還特別收起來。我為什麼要留著？

「看，掌心跟手指都破了，還很臭。」

我說：不，留著。這樣比較好戴，新手套還要適應，很煩。

「你才不會戴這副手套。」

難說呢，也許會喔，再說這些物品能夠提醒我過往的時光。

「所以我們才會囤積這麼多東西，如果你這樣想，你就什麼也丟不掉了，這樣不健康。這是我們清理的機會，清理家裡，把東西丟掉，你還不明白嗎？」

我不覺得這是把我的物品、我的回憶丟掉的機會，機會應該是為了好事而存在。如果東西擺在這裡，還沒丟掉，那是有原因的。

「你懂我的意思。」

不懂。

「我們又不進這個房間，這麼多紙箱，根本不曉得裡面裝的是什麼。」

妳要搞上一整晚嗎？已經很晚了。

「不，我不知道，我才正要開始。」

我嗓門有點大，我說：聽著，我不希望妳把東西丟掉。這些都是我的東西，如果妳全扔掉，我就不知道……不知道……

我無法解釋清楚頭緒，我迷失在言語之中，我不明白為什麼自己如此依戀這些物品。

我也許會需要這些東西，好嗎？我說。

我的語氣篤定也尖銳，讓她意外，我看得出來。我自己也嚇到了，我通常不會這樣講話。

「你有什麼毛病？你是在激動什麼？」

沒有毛病，我沒有激動。

「你有，你大吼大叫，你吼什麼吼？」

我沒有吼，我只是覺得措手不及。我不明白妳為什麼要這樣？為什麼偏偏挑今晚搞這些？

「你得冷靜下來。我沒有打算幹嘛，也不打算幹嘛。我只是想清掉一些東西，騰出空間來，是你——」

我以為我們能夠共度一個平靜、輕鬆的夜晚，好好慶祝，我猜是我一廂情願。現在我看到妳一個人在這裡搞清除工程，這裡的物品對我來說都很有意義，全部！

葉兒起身，她背對著我，把一個箱子推開，踏進大衣櫥裡。

「平靜、輕鬆的夜晚，哈，『就跟以前一樣』，是嗎？」

她語氣裡充滿嘲諷。嘲諷與憤慨。

什麼意思？

「算了。」她轉身繼續收拾。

這麼多物品不見天日這麼多年，但它們不是垃圾，而是我的拼圖，拼湊出我這個人，我的回憶。只因為她一時興起就扔掉這些東西，這樣不對。

我跟葉兒在這裡住了這麼多年，少了這些物品，我該怎麼維持我的身分？她為什麼想要遺忘？她為什麼想要忘記我們？

我看著她趴在地上，將箱子移開，翻出衣櫥深處的物品。她已經從一堆雜物中移出幾個大箱子跟兩個鞋盒，推去牆邊。在昏暗的燈光下，這個房間看起來更黑暗了。葉兒抓了頭戴式照明燈，她打開燈，但沒有戴起來，她彎下腰，探進衣櫥深處。

「啊啊啊！」她驚叫一聲，從衣櫥裡跳出來，雙眼緊閉。

「你看到了嗎？」她說。「那個，在裡面。」

我拿過照明燈，走進衣櫥之中，我用燈光照向角落。我看到了，就在一件老舊襯衫旁邊，那玩意兒在燈光下動也不動。

我一直照著，彎腰看個仔細，我發現那東西……好迷人、好陌生。

我說：見鬼了，真奇怪，沒看過這種的。

「超大的。」她說。「越長越大，我以為他們幾年前都把牠們趕走了，統統趕出這片區域。」

我說：是嗎？我不知道，我不記得了。

牠一動也不動，完全靜止。我想繼續觀察，慾望太強烈，彷彿催眠。長長的觸角緩緩顫動，牠完全沒有顯露出害怕或緊張的樣子，只是冷靜沉著，明白狀況，做好準備。

「我們就是需要這個。」她說。「大舉入侵，牠們會鑽進牆壁裡，肯定是從油菜花田裡進來的。」

我說：沒有大舉入侵，只有一隻。

「一隻也太多了。」她說

我心想，牠為什麼不動？為什麼不跑掉，躲起來？

我實在無法將目光從這隻大昆蟲身上移開，我對這生物一無所知，完全不清楚。怎麼可能？牠住在我家，跟我住在同一個屋簷下，但我完全不了解牠們。

「我肯定會看看床下還有沒有。」

然後，我感覺到她輕輕踢我後背。

「朱尼爾，你動也沒動，就盯著看，你在幹嘛？」

我說：不確定，但妳無須擔心，我會搞定的。

「好，那好，因為我不想碰牠。今晚這邊到此為止，我要上床了。」她說。

妳該好好休息。

「把那東西弄走。」

她出去時，我還盯著甲蟲看，牠的身軀是閃亮的黑色，偶爾有幾道黃色的條紋。太漂亮了，差不多有五公分長，觸角是身軀的兩倍。最誇張的是那三隻角，左右各一隻，頭中間還有一根，向前伸出去。

我終於想到，犀角金龜，就是這個，這是牠們的名字。

葉兒在門口咕噥了幾句，但我沒聽到。

我只有嗯哼了一聲，沒有轉頭。不用擔心，我會搞定的。

鬧鐘還沒響，我就起床了，我躺在葉兒身邊，就我們倆。她沒有打鼾，但我聽到她的鼻息，曉得她還沒醒過來。她嘴巴大開，我靠過去，在她額頭吻了一下，也就是她左眉上方柔軟的位置。她閉上嘴巴，嚥了一下口水，但沒有睜開眼，我起身下樓。

昨晚看到那隻甲蟲讓我精力充沛，讓我頭腦清醒，將我從自以為是、自我耽溺的精神病症狀中解放出來。我對那玩意兒完全不了解，不曉得牠在那幹嘛，為什麼會出現在那裡。牠打哪兒來？在黑暗的衣櫃裡怎麼活這麼久？牠在那裡多久了？為什麼一動也不動？為什麼不想逃？牠到底有沒有自覺？這些模稜兩可的疑問讓我驚愕，但也讓我放鬆下來。

我看著牠好一會兒，不曉得過了多久，觀察牠一陣子，然後我才去睡覺。

雖然我睡得很好，夜裡，我卻感覺到葉兒翻來覆去，她輾轉反側，彷彿我們夜晚的角色對調了一樣。我有印象瞥見她半夜站在窗前，望向穀倉及後面的田野。

可憐的葉兒，這一切對她來說太煎熬了。泡好咖啡，我坐下拿出我的螢幕，心不在焉地滑了起來，我吃了冰箱裡的一塊起司，打開天氣預報。又是陽光與高溫，濕度變高，又是一個紫外線爆強的日子，他們預測晚上下大雷雨的機率有四成，每天都這麼說。

我該去穀倉看看雞隻的狀況，忙點雜事。這種悶熱的日子早點開始比較好。我替葉兒倒了一杯咖啡，端去樓上。她不在臥房，淋浴水聲傳來，我打開浴室的門，探頭進去。

我說：我要去工作了，睡得如何？

她沒有回答，水聲下的她大概沒有聽到我的話，她可能在洗頭，我將她的黑咖啡放在洗臉臺上。

那我去忙囉，我說。

沒有回應。

〜

今天跟平常在飼料工廠下班時不一樣，我沒有急著回家。我該急著回家，這是我接下來這陣子，唯一能夠跟葉兒獨處的夜晚，誰曉得之後多久沒辦法跟她獨處。我無法解釋，我只是還沒有準備好要回家。

我想開車轉轉，沒有目的地，只是為了開車而開車，不用向任何人報備我要去哪裡，我在做什麼，一次就好。

到家之後，葉兒會建議我該做什麼，如果有時間，我該進行哪些簡單的任務。她不喜歡我閒著，我會在房子裡到處修繕，就連我不喜歡修理的東西我也會修，我很少會有沒事或沒有目的的時候。

我傳了一則訊息給葉兒：

得加班一下。我到家再吃飯，妳先吃，別等我。

我不喜歡撒謊，特別是對葉兒撒謊，如果我對她撒過謊，那也是一隻手就數得完的次數。不過，這只是一個小謊，無關緊要的謊，在浩瀚長遠的人生裡，完全微不足道的一件小事。這是為了她好，如果她知道真相，她可能又要傷心了。

這裡後方的路面大多破裂碎開，沒有維護，令人憂心，我猜是沒錢維修，就算有錢，也不會有人在乎修不修。我們的道路崩壞不是因為使用過度，而是因為疏於使用。

我知道泰倫斯一直說我應該要興高采烈，我該期待這個一生難得的機會，不過，我就是高興不起來。這個機會是一個開始，我的腦袋可以理解，但為什麼感覺起來像是結束呢？

也許是我的問題，也許是我有問題。

一時興起，我把卡車停在路邊就下了車。天空有紅色、粉紅色的朦朧條紋雲層，薄薄的。太陽即將西下，但還沒完全下山，景色雅致。古怪的衝動湧上心頭，我想散散步，穿過這裡的田野，只因我可以。

油菜開始開花了，植物長得高我三公分，讓我有人在水下的錯覺。黃色的花開得很燦爛，彷彿有螢光效果。這裡有種聲音，幾乎聽不見，但只要接近就聽得到，一種節肢動物低調的嗡嗡聲。

我覺得我沒有特別在尋找什麼，我只是走進田地深處，油菜花輕拂我的身軀，我已經走得很深，看不見卡車了。來這裡感覺很不錯，可以遮蔽又能夠隱身。沒有人曉得我在這。我想脫下靴子跟襪子，我的確脫了，拿在手上，我喜歡光腳踩上泥土的感覺。

天色逐漸昏暗，但我還沒有準備好要離開，也許我是在逃避必然的結果。我繼續前進，緩緩前進，腳步穩健，用沒提靴子的那隻手撥開植物。

我時不時停下來抬頭望向天空的暮色，一天又過去了，這時我才注意到南方的天空，這才聞到煙味。

濃煙滾滾直上，成了一道厚厚的烏雲，我三步併兩步，然後拔腿狂奔，忽然間到處都是濃煙，滿天都是。要產生這麼大的煙，肯定是很大的火，這片田裡有一處穀倉，肯定是那裡著火了。

我聽說這些老舊穀倉能夠實際提醒人們以前的生活，不一樣的生活，所以必須留下那些地方，時時維護。如果這片田上的穀倉著火，那會釀成悲劇，又失去了一座穀倉。我脫下襯衫，綁在臉上作為面罩，濃煙滾滾，實在看不清楚前方。

過去這一年間穀倉起火經常發生，有人爭論起究竟是誰放的火。是想要抗議失去土地的老農民？還是油菜花企業，燒掉剩下的穀倉，這樣才好霸占所有的土地？無論是誰，這樣都不對，在這裡放火很危險，一燒就會燒上好幾天。

我看到前方的穀倉，大火完全吞噬了建物。溫度很高，也許我能夠出點力，也許我能想辦法熄火，或至少控制住火勢，直到援兵到達。

我早該回家，跟葉兒一起安安穩穩度過今晚，來這裡是個錯誤。這樣不妙，但我已經在這，這點無庸置疑。如果是上個禮拜，我大概會轉頭就跑，現在狀況不一樣了，我覺得我的責任感擴張了，這場火災也可以是我的責任。我不能袖手旁觀，我必須勇敢起來，控制場面。我必須採取行動，我屏住呼吸，朝火源跑去。

我才跑了六、七步，某人或某物就從後面重擊我，我臉著地無助倒下。我的肩膀撞到硬物，可能是岩石吧。額頭撞上地面，我整個人虛弱無力，感覺到重物壓在我身上，應該是一個人。我喘起大氣，動彈不得。

怎麼了？那是一個人，有人跟我一起出現在這裡？誰？是誰幹這種事？這人肯定跟蹤我。痛楚明顯又難受。我嚐到血腥味。我撞到地面時肯定擦破嘴唇了。我想吐掉血沫，但我的臉就貼在地上。背後有一隻膝蓋或手臂，壓制住我整個人。我想聚焦卻看不清楚，我的眼睛花了點時間才能適應。我稍微抬頭，足以看到上方有個男人，不是壓住我的人。這個人穿西裝，戴手套，他在跟別人交談。

「別移動。」他說。「待在那裡，別讓他動。」

壓制我的人開口：「我不得不這麼做，我別無選擇。」

「這是為了你好。」西裝男繼續說，現在他壓低聲音，對我說話：「我們以為你會跑進大火之中，我們不能冒險失去你。」

我沒有見過這麼猛烈的火勢，我想起身，但我爬不起來。我感覺到後背的壓力逐漸鬆懈下來，那個人沒有繼續壓著我，但實在太痛了。

「別起來，待在原地。」

是我的肩膀，又麻又痛。

我說：讓我起來，看看那火，感受這高溫。

汗水流入我的雙眼，滴在乾癟的土地上。我頭暈腦脹，看不清楚。我閉上雙眼，低下頭。

「別擔心。」西裝男說：「我們就是來照顧你的。」

我在驚恐中醒來，慌亂不已。我的舌頭感覺笨重累贅，吞嚥困難。我覺得自己彷彿長了雙昆蟲的眼睛，在房裡到處張望，想要搞清楚狀況。我不認得這個空間，以及裡面的人。

「朱尼爾？你醒了？」

我打起精神，終於清醒了。我在家，這我確定，我不確定的出了什麼事，以及我是怎麼到家的。我驚覺田野間的不安事件並不是扭曲的惡夢，而是現實，我的現實。我口乾舌燥，印象模糊，痛楚、騷動、濃煙、西裝男，一個人壓住我。火災，我不相信真的有火災，那麼大的火災。

我躺在我的躺椅沙發上，椅子面向客廳的窗口。是葉兒，她站在我面前，跟我說話。我沒有穿襯衫，我的襯衫呢？電扇直對著我吹，為什麼？我很熱嗎？感覺不出來。我想起身，但腿很軟。

「不，不，等等，別起來。」

怎麼了？

「你今晚過得很刺激。」葉兒說。「讓很多人擔心了。」

我辦不到，我什麼也想不起來。我看到閃光，但……但我是怎麼……我想開口。

「你是怎麼回家的？你不記得了？」

不記得。

「你出了點意外，你受傷了，但你會沒事的，我給你倒點水。」

她離開我，前往廚房。我四處張望，感覺不太對勁，卻又說不上來，彷彿葉兒將一些家具換地方放了一樣。我聽到樓上傳來的馬桶沖水聲，如果葉兒在廚房，浴室裡的是誰？我以為家裡就我跟她，我跟葉兒。

「朱尼爾，早安，很高興見到你醒來了，我一聽說就趕來了。我的天啊，你真是嚇死我了，感覺怎麼樣？」下樓後的泰倫斯如是說。他站在我面前，雙手在褲子上抹了抹。

我說：感覺還行，沒有很糟，只是細節有點模糊。

泰倫斯走上前，笑容消失。

「朱尼爾，我希望這不是故意的，我真的不希望如此。受傷無法改變建設計畫的進程，這你很清楚，對吧？」

什麼？你覺得……你覺得我是故意弄傷的？我根本不曉得發生了什麼事。

他又重拾笑容，速度跟剛剛消失時一樣快。

「好，這樣很好。」他深呼吸。「我們找醫生來看過了，他短時間內就趕來，我們運氣真好。」

醫生？醫生來過了？

「對，差不多一個小時前才走，你還沒醒。你休息過了，這樣很好。」

你知道，我們沒有保險。

「那都搞定了。你是我們的責任，你的傷勢很嚴重，但沒有惡化，運氣很好。你接下來會好一陣子沒辦法用那條手臂，你也得習慣你那張躺椅。」

為什麼？

「你躺著不能睡，你只能躺差不多四十五度，但也就這麼多，還痛嗎？」

我躺著不能睡？

「對，醫生進行了簡單的小手術，然後——」

他進行了手術？

「對，就在你的肩膀上，肌腱，非常順利。他包了敷料，說要繼續包紮起來。你會徹底康復，一點痕跡都看不出來。」

我說：我其實沒有什麼感覺，我的肩膀一點感覺也沒有，我猜就麻麻的。

「他開了一些藥，你接下來一個禮拜要乖乖吃，他放在我這邊。朱尼爾，感覺如何？沒事了嗎？」

口渴，除此之外，感覺都還好。

「真高興聽到你這麼說，我跟你，我們還有很多事要做。」

葉兒拿了一杯水回來，交給我。

「你們在聊什麼？」她問。

我抬頭看她，但她看著泰倫斯。

「我只是在跟朱尼爾解釋他的傷勢。」他說。

喝了大大一口令人心滿意足的水後，我說：所以會好？我的肩膀？

「會的，別擔心，只要你好好休息，不要太操勞，要不了多久就會恢復正常。」

我不曉得在這張椅子上該怎麼睡覺。

「誰知道呢？也許你在這會比較好睡，這裡大概比樓上涼快。」

抱歉，但我還是不懂你為什麼此刻必須出現在這裡，我一邊說，一邊想要坐起身來，但痛楚讓我起不來。我感謝你的關心，但此刻我需要的是休養。這應該是我跟葉兒獨處的時光，我們在一起的最後幾天，然後——

「朱尼爾，兩年前你就知道你可能入選，你跟你的妻子度過了那兩年的時光，天天跟她在一起，享受美好的兩人世界。不過，此刻我們有工作要做。我保證這些日子會過得很愉快，這就是你該做的事情。」

但我受重傷了，你自己說的，這難道不能改變什麼嗎？我們不能稍微踩下煞車嗎？

「恐怕日程都已經固定下來了。」

這幾天除了尷尬跟壓力以外，還能帶來什麼？我問。

「我會盡量不打擾你，事實上這就是我的目標。不要引人注意，融入其中，我們也會找時間聊聊。你們還是會有很多時間可以獨處，我不是來下指導棋的，我只是來觀察的。」

觀察什麼？

我感覺到葉兒走近我，讓我稍微感覺好一點。

「我們會討論所有的細節。」

我搓揉起肩膀，說：告訴我這話什麼意思，你要觀察什麼？

他用舌頭舔起上唇，露出那個微笑。

「跟平常一樣。」他說。「你啊。」

同樣的場景讓我越來越不舒服，我們三人，我、葉兒、泰倫斯又坐進客廳。

泰倫斯承諾會解釋一切，向我們再次詳細說明他在這裡的原因，以及接下來會發生什麼事，我要求的。不要再戰戰兢兢，講些模稜兩可的大話，我沒心情聽他含糊的解釋。

泰倫斯似乎有點激動，情緒不是很穩定。「朱尼爾，你馬上就要出發了，這是肯定的。亨麗葉塔，我們會盡一切努力確保他會安全回到妳身邊，在他進行改變人生的冒險後，你們還能繼續你們的生活。你們會分開，但只是暫時的。」

我跟葉兒互望一眼，然後又看向泰倫斯。輪到她了，她得在此刻介入，我期待她提出最明顯的問題：我要去多久？但她沒有開口，她不開口讓我覺得很煩。

泰倫斯繼續他的長篇大論。「建設計畫的確有風險，但安全及整體的健康發展是我們最關心的層面，我沒辦法強調這對我們來說有多重要，我們打從一開始就認為過失是不能接受的。最最重要的就是照顧好我們的抽獎得主，這點甚至比研究或成果還要重要，你必須相信我，好嗎？我是用朋友的身分講這句話的。」

我心想：你才不是我朋友。

我說：這不是我最擔心的事情，你們保障我的安全，與其擔心我，我更擔心葉兒。

「當然，朱尼爾，我說的不只是你的安全，你是要出門的人，但對我們來說，你們兩位同樣都是計畫的一分子。你們是一家人，你出門會影響你，當然也會影響葉兒。這是一場聯手展開的冒險，你們共同的福祉是我們的義務，我們非常嚴肅看待這件事。」

我說：對，所以你到底想表達什麼？

葉兒緊張地摳起手指，這不是好兆頭。

「你出門後，你們兩人都會各自遇到挑戰，我們也要替亨麗葉塔負責。」

他將注意力放在她身上，注視著她。

「我親愛的，我們不只關心妳的伴侶，也很關心妳。」

「是這樣嗎？」她說。

泰倫斯朝著掌心咳嗽起來，他再次開口時，語氣變得尖銳，針對葉兒，彷彿我不在場。「愛人遠行時，只有決選名單上的一家人會得到特殊的資源照顧。抽獎是隨機的，但這不是，葉兒，妳不是孤零零的一個人，好嗎？妳沒有落單過，而妳接下來也不會落單。」

我感覺到胃裡有翻攪的感覺，然後是肩膀的觸電感，我用另一隻手抓了抓受傷的肩膀。

我說：多久？我這一趟要去多久？

「朱尼爾會出門好一陣子。」泰倫斯對葉兒說。「我們說的是好幾年，不是幾個月而已。咱們打開天窗說亮話吧，你們周圍並沒有龐大的支援系統，你們住在荒郊野外，親人都不在附近。我們理解你們的婚姻關係因此變得非常沉重，朱尼爾必須面對他在旅行途中遇到的困難，但妳在家繼續生活，等他回來，也會遇到難處。」

葉兒沒有說話，她只是不滿地望著他。

一個念頭襲來，也許我誤會了，他是要說她也會一起去嗎？他們決定我們一起出門會比較合理？這個念頭讓我渾身溫暖起來，前景可期啊。

「我們進行了許多調查與分析，你們不會知道實際回來的日子，因此感覺更難熬。我們不希望妳一個人坐在家裡，孤零零地等待，胡思亂想，發瘋。妳會比城裡的人更煎熬，那裡的人有很多支持的力量，妳必須繼續妳的生活，盡量過得正常一點。」

葉兒不再摳指甲。「正常？你要我正常？好，我可以正常。」

泰倫斯對她嘲諷的語氣不作反應。

我說：我透過這麼不正常的方式入選，還要出門，你要我的太太過得正常一點？你聽不懂她想表達的意思嗎？這情況根本一點也不正常。

「當然不正常，但我們會減少你出門所造成的衝擊，我們現在有必要的技術可以支援。」

葉兒沒有反應，她為什麼不繼續抵抗？或問些問題？她是想繼續聽下去，還是震驚到說不出話來？她這樣緊繃、沉默、沒有表情、整個封閉起來的時候，根本看不出她在想什麼，或有什麼感受。我不喜歡她這個樣子，她變得難以捉摸，不公平，太幼稚了。

「獨處是一件棘手的事情，短時間內對我們有益，但長時間不好，而且不習慣獨處的人，也不適合一下就獨處。朱尼爾，她的生活就是跟你一起在這裡，不過，我們會確保你出門時，她會有陪伴，這樣就會造成天差地遠的不同。」

我說：我需要聽得明白一點。當你說，她會有陪伴的時候，是在指你們會替她找個助理什麼的嗎？

他笑了起來，望向葉兒。「不，不是助理，比那好多了，你會很訝異我們能做到什麼程度。事情約莫在三十年前開始的，虛擬實境當時發展到顛峰，但也就如此了，就你所知，那個技術被淘汰了。這是下一個階段的繼續，各個層面都顧及到了。」

我說：你不准把她放進什麼虛擬實境艙裡幾個月，因為那絕對不叫什麼正常生活，那不叫生活，那叫昏迷，那是——

「當然不會！我們帶她丈夫出門，我們要做的是公平也自然的事情。」

我說：好，所以到底是什麼意思？

「意思就是我們會取代你。」

我想揍他，一拳打在那張臉上，砸斷他的鼻梁。我完全沒有料到這個回答，過去這幾天，過去這兩年裡，我考慮過各種可能性與場景，但完全沒有想過這個，這種事根本不用考慮。

我說：不行，去你的。

「朱尼爾。」葉兒說。「冷靜點。」

「朱尼爾。」泰倫斯也叫住我。「我要你冷靜一點。」

你他媽的才冷靜一點！你到底在講什麼鬼話？

「聽我解釋，我們正在發展一個替代品來填補你出門後留下的空缺，這不是別人，甚至不是真正的人。只是一個生物機械的複製品，這個複製品會跟亨麗葉塔一起在這裡生活，擔起你所有的工作，基本上就是另一個你。」

不，這不是個好主意，我不喜歡這樣，我說。

「他還要消化一下。」葉兒說。

「朱尼爾，想想你的妻子，這比其他替代方案都好。你們住在荒郊野外，你真的想讓她這段時間裡都孤零零一個人嗎？要是有人過來傷害她，到時怎麼辦？這個複製品會在這裡陪她，感覺起來就跟你本人一樣，在這裡守住你的位置，協助你的妻子撐過這一切，而當你回來的時候——」

真他媽瘋了，太瘋狂了，不可能跟我一樣，這主意太蠢了，不可能，我說。

「並沒有，可行程度遠超過你的想像。這個複製品真的跟你一模一樣。」

「各種層面都像你，真難想像。」葉兒說。

我說：我沒辦法理解這件事，這個替代品是真的嗎？你說那不是真人替代品，所以那是什麼？

「很複雜，我不是工程師，只能簡單解釋一下。那是我們用最先進的電腦軟體設計出來的成果，使用3D列印機打造，原型已經使用了十幾年，真的很厲害，完全看不出差異。就算是葉兒看著替代品與真人，也沒辦法分別其中的差異，各個層面看起來都一模一樣。」

我說：真是笑話，我不會希望一個看起來像我的機器人跟我太太一起生活。

「那不是機器人，那是新型的自決生命形式，一種先進的自動化電腦程式，生命與科學的結合。如果你願意，你可以把那想成是有生命組織的精密動態全息圖，有身體的觸感。在古時候，你得留照片給葉兒懷念，這只是下一個層次。」

我轉頭望向葉兒。

妳覺得呢？我問。

「我覺得聽起來難以置信，感覺奇怪也嚇人，你聽到這種事大概感覺更怪。」

「你得信我這次。」泰倫斯說。

我有選擇的餘地嗎？我們可以拒絕嗎？要是我們決定我們不想要這個替代品怎麼辦？

「你就是不懂這有多了不起嗎？你再也不用擔心葉兒了，你可以聚焦在旅程上，曉得她會受到良好照顧，等到你回來，生活就會繼續，彷彿你沒有離開過。」

「對。」葉兒的聲音顯然無奈了起來。「你現在不用擔心我了。」

「已經開始研發了，而我需要兩位的協助才能完成這個複製品，特別是你的協助，朱尼爾。」

所以你才待在這裡，對嗎？這一切跟這個替代品有關嗎？

「有，當然。我是來這裡觀測、蒐集資訊的，我對你的觀察都能夠確保程式逼真，栩栩如生。他們已經整理好你的螢幕通訊內容了，這是個好起點。不過，朱尼爾，我在這裡的時候，我要你想像這個程式是你的替身，彷彿你們只是演戲的演員。你能夠跟我分享的一切資訊都會有所幫助，每一則細節都很重要，好比說，你昨天早上早餐吃什麼？」

去你的，我說。

「朱尼爾，拜託，別這樣。你昨天的早餐，你吃了什麼？」

葉兒對我點點頭，示意要我配合，為了她，我只能開口。

我說：咖啡跟吐司。

他在螢幕上輸入起來。

「看吧？沒那麼困難嘛，太有幫助了。看起來無關緊要，但完全不是這樣，你的感受，你的思緒，每一個小小的細節都會造就大大的不同。」

「我出去換換氣。」葉兒說。她不等我們回應，就直接起身，迅速離開客廳，從前門出去。

「朱尼爾，我們需要你堅強一點，好嗎？這對她來說很不容易，你越快接受一切，前進的摩擦就越小。我們都在同一條船上，為了她，堅強起來。」

他用無比專注的神情看著我，看似愚蠢的掉書袋噱頭沒了。他的每次來訪都是為了抵達此時這一刻，終於，真實的東西，我了解了。

我想：對，我的確擔心葉兒，擔心她一個人待在這裡這麼久。我不曉得我能不能接受這……這個東西……作為解決的方式。怎麼可能接受？我怎麼可能接受被取代？

「我得去車上拿點東西。」泰倫斯說。「然後我們就開始。」

開始？什麼意思？要開始了？

「朱尼爾，」他站起身來。「你還是不明白，對不對？一切早就開始了。」

第二幕

ACT TWO——OCCUPANCY

入侵

記憶，越來越多的記憶，我忘卻的記憶，或是我以為自己遺忘的記憶，我甚至不知道自己儲藏起來的記憶，現在統統回來了。

我想起葉兒聽到聲音的第一晚，那大概是泰倫斯首度造訪我們之後半年或八個月左右的事。她那時睡得很不好，我夜裡醒來會看著她躺在床上，看著天花板或看著我。某些夜晚，她根本不在床上，某些夜晚，是她吵醒我。

「朱尼爾。」她搖搖我的手臂。「朱尼爾，醒醒。」

什麼？怎麼了？我問。

「你聽到了嗎？你有聽見嗎？」

我睡著了，怎麼回事？

「你聽。」她說。

我躺在床上，半夢半醒之間，動也不動，耳朵拉得長長的。屋裡靜悄悄。我也這麼跟她說。

「我這幾晚一直聽到那個聲音，但今晚超誇張的，聽起來像是牆裡發出來的抓動聲。」

我說：妳大概做夢了，繼續睡吧。

一分鐘後，也許更久，她又搖醒我。

「喏，你聽見了嗎？我想是那些甲蟲，數量變多了，你肯定聽見了。」她說。

但我沒聽到，我睡著了，葉兒也該好好睡覺。

泰倫斯去車上拿東西回來，直接拿上樓。他堅持我們三個人要再次坐在客廳裡，他有一些「一般問題」要問，主要是針對我，但他說他希望葉兒在場，她可以負責補充。

「家裡會感覺怪怪的嗎？」泰倫斯問。

我說：怪怪的？不會，這是我們家啊。

「也許偶爾吧。」葉兒說。「但安靜也很不錯。」

我說：我們住在這裡是有原因的，這裡的生活有很多優點。

「我們習慣這裡了。」葉兒說。「這是實話。」

「只是，不知道耶，我大概在這裡待不夠久，但我覺得這裡讓我覺得不太不舒服。有點毛毛的，我是說，心理作用，大概只是因為我還不習慣。」

我說：城裡的人都這樣想，所以大家都離開了。

我望了葉兒一眼，因為她明白，她懂住在這裡是什麼感覺，就我們兩人，一切喧囂、一切現代城市的生活都煩不到我們。

「我猜我有時感覺得到你說的。」葉兒說。「就好像……會懷疑外頭有什麼一樣。」

我很詫異聽到她再次提起這件事，她先前跟我說過，但我以為那種感覺會消退，再也不會出現。那種感覺沒有消失，我很難接受，我不明白，葉兒明明就很喜歡鄉村生活。

「想到要去某個新的地方感覺很嚇人。」她說。「但偶爾嚇嚇自己難道不是好事嗎？人很容易卡進自己的狹窄車徑之間。我們說服自己，那是通往滿足的道路，但說到底，那只是一道永遠沒有盡頭的車輪印子罷了。」

我們很喜歡這裡，我說。

泰倫斯轉變話題，對葉兒說：「妳彈鋼琴，對嗎？」

葉兒會彈琴，她喜歡彈，我喜歡聽她彈。

「鋼琴音色很美。」他說。

「音跑掉了。」葉兒說。「聲音不對。」

「不好意思？」泰倫斯說。

「鋼琴，在這裡待得比我們還久，所以狀況不是很好。」她說。「音不準了。」

我說：但彈琴可以協助她放鬆。

我想像她彈琴，便伸手握住她的手。

我告訴泰倫斯，音樂有療癒效果，我很慶幸她有屬於她的技能，她可以進行我辦不到的事情。

「有牲口禁令，你們是怎麼留下那些雞的？別擔心，我不會報告那邊有雞，就我所知，那根本不是什麼大不了的事。」

我說：沒有人知道，也沒有很多，我們買下這裡時，雞就在了，我不想除掉牠們。

「我說他如果想照顧牠們，隨便他，但我可沒興趣。」葉兒說。「我可不想剷雞糞，如果被抓到，他可以付罰款了事。」

「哎啊，真是太有意思了。」泰倫斯說。「看吧？這就是為什麼我們要這樣閒聊的原因，聊這些話題，太有啟發性了。」

他又在螢幕上輸入什麼，我猜又在做記錄。

「我越了解，就越自在。」他說。

我們的對話終於告一段落時，泰倫斯起身。

「我想我最好上樓了。」他伸起懶腰。「開始把東西拿出來，把設備拿出來，安裝好，別在意我。」

設備？幹嘛用的？你有很多設備嗎？

「沒有，沒有很多，沒有需要你操心的東西，只是一些必需的物品，協助我蒐集資料什麼的。」

「我帶你去房間。」葉兒說。

「噢，朱尼爾，來，別忘了吃藥。」

他拿出一個透明藥罐，搖了搖。

「來。」他說。「醫生的吩咐。」

這是什麼？止痛藥？

「應該會有幫助，對。」他說。

我的肩膀的確還在痛，但已經很不明顯了，我伸出手，他將兩顆藍色膠囊倒進我的掌心。

「應該會施展魔法。」

泰倫斯先前已經把東西拿進屋，他們一人提兩個袋子上樓。我緩緩起身，感覺到身體僵硬無力，我知道我該活動活動，畢竟我受傷的又不是腿。我清理餐桌，沒有壓迫到痛的那側肩膀，我想辦法洗起堆在水槽旁邊的髒碗盤。

乾掉的蛋黃最難洗了，只要手不要伸太長，限縮在身體旁邊的範圍裡，就不會特別痛。

我在這裡用一隻手洗碗，我老婆跟一個陌生男人上樓，但我能怎麼辦？我該作何反應？只能配合一切，盡量不抵抗，盡量順從？或者，我該反抗整個過程？要求更多的答案？

我聽到葉兒在樓上走動的聲音，就在我上方，我知道那是她的腳步聲，步伐，重量，一聽就知道。像我跟葉兒一樣一起生活這麼久之後，我們用這種方式就知道是對方，也太神奇了。我們一起度過的這些歲月真的很重要。出門之後，我會懷念這些輕輕的腳步聲，聽著她的腳步聲彷彿是聽到她說話，跟她的聲音一樣，可以認出她來。

行走是非語言的溝通方式，好比說，我可以透過葉兒的腳步聲聽出她是不是在生氣。行走沒有其他訊號那麼明顯，好比說氣味、聲音、笑聲、臉部表情，腳步也許微不足道，但可以分辨出一個人。熟悉感會在不經意間隨著時間緩緩增加，我沒有試著要故意認出她的腳步聲，這種事是在不經意下發生的。

泰倫斯沒結婚，我不知道他懂不懂婚姻，或承諾過的關係是怎麼運作的，你要活在一段關係裡，處在一段關係裡，不然根本無法理解這種關係，因此我跟葉兒之間才會這麼令人期待。我們一起展開新生活，我們對彼此有承諾，但我們一開始對彼此還是沒有非常了解。

跟別人一起生活是沒辦法模擬或演練的，必須即時經驗，替代品參與也無法創造出實際的回憶。好比說，我曉得葉兒是怎麼擤鼻涕的，一直到現在我才想到這件事，我認得她的節奏，每次節奏都一模一樣。

她的腳步聲、她擤鼻涕的方式，這種觀察就像小小的秘密。

我會想念她的腳步聲，想念她擤鼻涕的方式，真好奇我還會想念什麼？真不曉得她私底下認得我哪些自己都不知道的面向？我離開後，她會想念我什麼？

我聽到開門聲，上面又有人走路，葉兒的笑聲，我聽得出來這是發自內心的歡笑。她跟其他人一樣，有真笑與假笑，我也發覺了這件事，這個笑聲很真實。

我認識他已經幾年了，認得他的存在，但當我停下動作仔細思考時，我對泰倫斯的了解還是不多。我指的不只是他的性格與本質，而是他存在的各種方式，有意識與無意識的，了解這些面向需要時間，一起相處的時間。我不曉得他在夜裡穿過屋子的腳步聲聽起來如何，也不清楚他入睡時在想什麼。

我知道他在哪裡工作，我認得他的臉，認得他的聲音，曉得他怎麼笑。不過，也就如此了，這樣不算多，這些細節是他能控制的，能夠形塑我對他的認知。不過，此刻他人就在這裡，跟我們住在同一個屋簷下，吃我們的食物，上我們的廁所，睡在我們家的客房裡，監視我們。

他到底想怎樣？只是觀察？跟我談談？還是另有所圖？

她又笑了起來，這次笑得很起勁，他肯定說了什麼有趣的話，我不覺得他是多好笑的人，我聽不到他們在講什麼。我將最後的碟子從水槽裡拿出來，放在瀝水架上，然後用手在肥皂水中摸索，確保沒有餐具掉在下面，我拉開塞子，讓水流下去。

盤子弄髒期間發生了多少事？令人難以置信，我感覺像是另一個人。不只是今天，或前幾個禮拜，其中包含了新的經驗與資訊，完美融入兩年前泰倫斯出現那晚之前的生活，那時我首度在巷子盡頭看到那兩盞綠色車燈，

我們家還是同一棟老房子。我看著自己滴著肥皂水的雙手，這也是我一直擁有的手，一切都一樣，一切都沒有改變，但到了今天的此刻，一切感覺卻都不一樣了。

葉兒出現在廚房門邊，然後走到我身邊來，她說：「他安頓好了。」

我說：我在想，這不是最理想的狀況，但我們還是得試試看。我們必須好好把握這段時間，我們會撐過去的。他不會待太久，然後又剩我們兩人了，至少一陣子，我是說，在我出門之前。他有說他會待多久嗎？

「到禮拜五。」

好，至少只有他，不是直接一群人跑來，不管他裝得有多客氣，一個陌生人對我來說已經夠多了。

我將茶巾甩上痠痛的那側肩膀。

妳覺得他人好嗎？

「他就是那樣。」

妳覺得他是陌生人嗎？

「認識這麼久了，我不會這麼說。」

我說：真的假的？妳仔細想想，他就是陌生人。

我靠向前，壓低聲音。

我們不了解他，完全不了解。只是因為我們每次見到他，都有重要的事情發生，大消息，大新聞，所以我們覺得我們對他認識很深。

「我不覺得我很了解他。」她說。「我不是這個意思，我只是說我覺得他不是全然的陌生人。我對他的了解程度已經超越很多人，但算了，別放在心上，你可以有你自己的看法。」

我一手搭在她肩上。

妳感覺還好嗎？

「還好。」她說。「我累了。」

我說：感覺他好像在這裡待很久了，對不對？彷彿好幾個月了。說真的，我感覺我的內在生理時鐘整個亂了，也許是因為事故的關係。你們在上頭聊什麼？

「什麼時候？」

我剛剛洗碗的時候。

「你不該洗碗，你肩膀還沒好。」

你們在聊什麼？

「沒印象了，我帶他去他房間，然後我回到我們房間，沒什麼特別的，怎麼這麼問？」

泰倫斯好笑嗎？

「你是問，他是不是幽默的人？」

對。

「不知道，你有這種感覺嗎？你覺得他幽默？」

不，只是好奇，妳跟他交談的次數比我多。

「我相信，如果你開口，他會講笑話給你聽。」

我說：如果我開口，他就會這麼做。

她停下來，望著我，然後轉身要離開。

我說：等等。

她停下腳步。

我出現在那片田野中，妳不覺得奇怪嗎？醫生那麼快趕來，不奇怪嗎？

「不會啊。」她轉向我。「顯然讓你健健康康的對遠方無垠來說比較有益。」

他們在我抵達前就到了，在我出事之前，我在想……我在想他們是不是在跟蹤我，我說。

「我以為你說你什麼也不記得。」

我是不記得，但……不知道啦，也許有點印象，有人阻止我去滅火，有人壓制住我。

「你跌倒時撞到頭了，如果你困惑，我完全可以理解。」她伸手過來，碰觸我的手肘，她的碰觸感覺很舒服，很平靜。

我說：謝謝，妳就知道怎樣能安撫我，這陣子對我來說很難熬，一直覺得怪怪的，對很多事情都沒有把握。

「朱尼爾？」

怎？

「我有些話想說，好嗎？」我感覺得到她的手握緊了。「我對你了解很深，真的很深。我們的關係有些轉變，我們都變了，你大概對我也有同樣的感覺，關係裡的改變是很正常的。不過，就算結婚後，搬到這裡來，我們之間起了變化，我還是覺得我很了解你，從來沒有這麼了解過你，我覺得這是問題的一部分。剛開始投入一段關係時，你會整個人陷進去，其中的基礎結合了希望與信念，你以為你了解結婚的對象，曉得一切是怎麼回事。不過，人真的要到活在裡頭的時候，才會搞清楚狀況。到了某個時間點，希望會變成穩定的生活、理解，然後一再重複。這很……平淡。能夠預測我們所做的一切，這成了我們新的現實，這對我來說並不是安穩，恰恰相反。」

我正想回應，但她鬆開手，還伸手制止我，她不想聽我要說的話。

「現在的我只想講下去，我要你聽我講。你有一些特質，是你存在的基礎，感覺很難配合。我在想，也許那是你繼承而來的特質，也是從我們關係裡培養出來的，也許我不該太敏感，甚至擔心是不是只有我們的關係會這樣。當你說，沒有我，你不曉得該怎麼辦的時候，我知道你只是客氣，但我覺得我的存在不該只是為了讓你安心而已，或是提供你支持，讓你去做你想做的事情。我不曉得你懂不懂這些話語，但這些問題我已經想了很久，有時我覺得筋疲力竭，有時我覺得自己有如困獸。」

她是認真的，這份認真存在於她的雙眼、她的聲音，以及一切之中。她又聽起來很累了，我該仔細聽她的話。我知道我們之間沒有事事如意，但我不喜歡成為造成這種不滿的主因，這樣不好，我很過意不去。

我很抱歉，如果我——

「別這樣。」她說。「拜託，別道歉，我不要你道歉。你光是聽我說話就很有幫助了，我沒想過自己能講出這些話，就算如此，我不想提這檔事的想法都讓我悶悶不樂。不過，我很高興我終於把話說清楚了。」

嘿，妳今晚為什麼不彈彈琴呢？也許會有幫助。

真不曉得這個想法打哪兒來的，但我知道她彈琴管用。

她眨眨眼睛，嘆了口氣。「我沒有想到那個。」

我覺得很恰當，我覺得妳會感覺好一點。

她轉身要走。

我待在原地，她沒有繼續說話，葉兒花了幾分鐘才到地下室，打開琴蓋，開始彈奏她的歌曲。

我從來沒有用這麼不舒服的姿勢睡覺過——半躺半坐的姿勢。我已經想念起平躺的感覺了，能夠在軟軟大床上自由伸展，妻子躺在身邊。有時我會用手或腳伸出去碰觸她，我的皮膚與她的皮膚互相摩擦。經過被迫在椅子上睡覺後，我再也不會覺得她的存在理所當然了，我想念她在身邊的感覺。

葉兒彈了一下琴，只有一下下，她彈到一半就忽然停下。我很慶幸她彈了，我知道彈琴對她有幫助，我也喜歡聽她彈，讓人安心。

雖然音準跑了，但她還是彈得溫柔又動聽，她彈奏時，我差點就睡著了，但就差一點。現在她彈完，上床睡覺了，我卻不自主地異常清醒，坐在悶熱的家裡，思緒轉個不停。

有種感覺，好比說今晚吧，讓我想起有多少狀況遠在我的意圖與慾望之外，我無法控制，就算在我心裡也一樣。我有時會忘了這件事，習慣以為自己能夠掌控一切。我此刻的心願是想要入睡、想要休息、想要康復，但我的目標不重要，我想要什麼也不重要。

泰倫斯的房間就在我上方，我聽到他整理東西的聲音。聽起來他還在整理行李，我原以為他已經睡了。到底有什麼重要緊急的事情，他這麼晚還不睡？他前後到處走動，也許在床鋪和我想像他放包包的地方，以及衣櫥之間走動。

關於我的記憶，我的思緒，他說得沒錯，他說如果這幾天，我的思緒飛快運轉，完全合情合理。自從他再次出現，宣布我即將出發後，我的腦袋就比以往變得更活躍、更警覺、更清醒了。也許從來沒有這麼清醒過，彷彿這個消息是一劑強心針，我可以感覺到隨著一分一秒過去，我的內心也發生了轉變。這是很興奮的感覺，彷彿我的大腦有一整塊區域沒有開發，現在才發現它存在一樣。

他說這種事會發生，他說我可能會有相當激烈的感受，飛揚或消沉。我可能一下覺得精力充沛，充滿產值，結果下一秒就陰鬱絕望。我們還是不清楚建設計畫的內容，以及到時的生活狀況，這種消息就是會帶來這種效果，令人震驚的消息，期待眼前的改變。他警告我不要太過火，不要讓思緒跑得太前面，還要我把持好自己。

一個人坐在黑暗之中，我實在忍不住去想跟葉兒早年共度的生活，那時一切對我們來說都很新鮮，我盡量不要沉迷在那段歲月裡，但實在很難。我知道這件事是真的，那時我無憂無慮，生活簡簡單單。我們不會吵架，沒有長時間的爭執，或是久久不說話，我們之間很新鮮，我沉醉在其中。

葉兒很難接受我要離去的消息，從她的態度我就看得出來，她很容易質疑，比我更嚴重。我之前很焦慮，但現在……現在我感覺得到的是提升的精力，實踐的使命感。同一時間，她似乎很渙散，要麼不關注我，要麼完全抽離她的情緒。

泰倫斯說得對，我得把握出門前的這幾天，我必須有生產力，有效率一點，我會聚焦在該做好的事情上。

他又開始緩緩踱步起來，我聽到地板發出的聲響，以及另一個古怪的聲音，也是從上方傳來的，他房裡傳來的。我還不累，也睡不著，我相當激動，決定要搞清楚那聲音打哪兒來的。

我上樓，敲起泰倫斯緊閉的房門，門開了一點點，他探頭出來，沒穿上衣，跟我一樣，他只有穿四角褲，他手裡握著某個物品。他很瘦，比我想像中還結實；他的呼吸比平常還要沉重，彷彿剛剛在做運動一樣；他的長髮沒有紮成平常的馬尾，而是從他臉旁披下來。

「朱尼爾，沒事吧？」他問。

他看起來心神不寧，我望向他身後，恰好看到他的設備。很多，數量超乎我的想像，我不記得他有搬這麼多東西進來。

你東西真多，我說。

這是我第一次看到他所有的袋子，幾個箱子，還有一座組裝到一半的三腳架。

「對，東西都進來了，要不了多久就能組裝好，開始運作，都是頂級的好東西。」

怎麼回事？你為什麼需要這麼多設備？

「蒐集資訊，我說過了啊，只是要先架設好。」

要架設好什麼？

「沒什麼複雜的，把這些東西弄好就好。葉兒說，閣樓有個好地方可以放『點點』，她說上頭很安靜，這樣很好。」

點點？

「抱歉，是我們的一臺電腦啦，我用它來記錄我們接下來會進行的正式訪談。機器比較大，所以我要去上頭組裝，擺在那邊，需要時，我們再上去。其他的設備都比較小臺，比較輕，你完全不會注意到。」

我在想葉兒有沒有見過他全部的行頭。我指著他手裡握的小型裝置，這東西跟咖啡杯差不多大。

那是什麼？

「對，我就是在說這個，這是一般的記錄儀，我大概會裝在廚房裡。」

你要記錄廚房的狀況？

「我會確保東西不會擋路。」

它會一直記錄？完全不暫停？

「對，裝好之後就會開始運作。」

幹嘛裝在廚房？我不明白，太瘋狂了。

「朱尼爾，這東西會蒐集數據，廚房在任何家庭裡都是很重要的地方。」

我心想，廚房也是私密的地方，我跟葉兒一早喝咖啡的地方，每晚一起用餐的地方。我們會在那裡交談，至少以前會，廚房不是實驗室。

「我們想盡量徹底一點，必須如此，這完全是為了葉兒好，一切都是為了學習與理解。事實上，既然你在這，可以請你幫我一個小忙嗎？」

他回到房間裡，將門整個打開，然後對著一個箱子彎腰，拿出一根細細長長的黑色金屬棒，我走進房間裡。

「來。」他說。「你握著這個。」

我接下來，看起來有點分量，拿起來卻感覺很輕。

「等一等，我得找一個零件。應該包在同一個袋子裡，但沒有，應該就在這附近。」

這是什麼？

「那是『漂流物』。」

漂流物？

「多數相機都有名字，工程師的幽默，你會習慣的。『漂流物』有一根可以伸縮的長臂，『船棄物』也在這附近。」

看起來很超過，還有侵略感，我說。

「我不是技術專家，但這是很標準、對使用者也很友善的東西。要設計出來還要有電腦科學文憑呢，操作就不需要了，在這。」他說。

他從另一個包包裡翻出一個小小的扣環。

「如果你可以好好握著，再一分鐘就好，我來裝鏡頭。」

在他忙著將鏡頭裝在長臂上頭時，我低頭望向袋子裡。很多器材，有些看起來像備用零件，額外的東西，扣環。在金屬之下有張照片吸引了我的目光，不是螢幕，而是老舊的紙張相片。

「太好了。」他從我身後經過，忽然間拉上了包包的拉鍊。「好了，交給我就好。」

他從我手中將棒子接過去。

我不能確定，也許我只是累了，但我想那是我的照片。不過是好幾年前拍的，好久囉。我差點認不出自己來，但我知道那是我，我站在那邊，雙手放在身體兩側，穿了一件藍白格子襯衫。我對那件襯衫沒有印象，我甚至沒有拍那張照片的印象，之後有這麼多改變？

泰倫斯已經裝好長臂，放在床上。

「事實上，沒什麼好擔心的，我自己明天就能組裝完畢。」他一邊說，一邊將我趕回走廊上。「謝謝你的協助。」

我說：當然，我以為我聽到你房裡有些動靜，所以我一開始才會上來。

「真是抱歉了，兄弟，我只是很期待要準備這些東西，吵醒你了嗎？」

我還沒睡。

「我會小聲點，我想我們，我跟葉兒，都以為你在樓下，不會注意到。我喜歡在晚上工作，這樣比較好睡。」

你不會因此覺得壓力很大？

「不，不會，絕對不會，一點也不。開什麼玩笑？不，我很期待，我太高興了，你表現得太好了。」

我想再次望進房間裡，但他擋在面前，我什麼也看不見，他整個擋住了。

「這裡對我來說是個新地方，新的床，悶熱也不是開玩笑的，就這樣而已。我發覺我跟一般人不一樣，我不需要睡太多，我開始覺得世人高估了睡眠的重要性，至少對我來說如此。」

每個人都需要睡覺，我說。

「你是這麼想的？有意思。」他跨了一步走出房間，在身後帶上了門。

「睡眠很有趣。」他說。「毫無效率，要讓人更有效率，總是有可以進步的空間。吃飯、溝通、睡覺，如果這些我們都可以不用做，那會怎麼樣呢？」

但為什麼呢？我們為什麼不想從事這些行為？從事這些行為為什麼不會讓我們更好？

他停頓了一下，思索起來，他開口時，速度很慢，很謹慎。

「事關效率，這樣能夠加速進化的過程，如果這一切最終會發生的話。如果可以，為什麼不助進化一臂之力呢？」

你是在提供一臂之力嗎？我問。

我覺得更像是插手介入吧。

「我很高興你這麼問，因為我們要做的就是改變我們對進化的想法。」他一手放在胸口上。「人類持續不變的唯一特質就是我們會適應，一直如此，所以想像一下一千年後，我們每天晚上頂多只要睡個二十分鐘，那就是顯著的進步了。要是我們能早點走到那一步，我想我們有責任該試試看，我們必須推動極限。想想每天多出來的六、七個小時，我們能做什麼，真是太驚人了。」

我不曉得那是驚人還是令人憂心？

我說：這是你的領域，你的工作，我只是對於你所說的那種強迫進步，沒有感到多少期待。睡眠就是每個人不可或缺的活動，我接受這點，我習慣了，我知道人要睡覺。

我講話時，泰倫斯大笑起來，他笑得很誇張，我沒聽他這樣笑過。

「人為什麼要睡覺，沒有確切的答案，不過，我可以向你保證我們正在研究，仔細研究。」

我們睡覺是為了休息，提供身體修復的機會，還有做夢的機會。

「做夢，對，你夢多嗎？」

大家不都一樣？我回答。

「睡眠會影響很多層面，睡眠可以清理大腦，就跟你過去兩天一樣，為的是習得新資訊，且消化它。我們必須在大腦神經元裡長出突觸，大腦需要休息才能成長。」

他講話時幾乎是低語，彷彿認為我們這場臨時起意的對話會吵醒葉兒一樣，她睡在走廊盡頭，但門半開。

「如果我們不忘記一整天裡習得的大部分新知，我們就沒有辦法運作了。換句話說，朱尼爾，我們睡覺是為了遺忘。」

我思索起他的話。

我不想遺忘，我說。

「對。」他提高了嗓門。「那你懂我的意思，對嗎？所以我們才研究睡眠與記憶。你在這裡扮演了非常重要的角色，你甚至不明白為什麼，但你對我們來說真的很重要。」

自從他首度出現以來，他一直想讓我覺得自己很特別、很獨特，但這招不管用了。

我說：我只是希望能替我與妻子做最好的準備。我想好好活著，當個好人，作出改變，就算只是小小的改變都好。

「你想立下你的里程碑。」

當然，我猜我想吧，我說。

「這不用你操心，當我說你立下里程碑的時候，你要相信我，你已經作出巨大貢獻，你完全不曉得你有多重要、多寶貴。此刻，只要知道你能睡就睡，能休息就休息，這樣就很好了，特別是你出了那次意外。」他停頓了一下。「有點扯遠了，但你有沒有想過意識這個問題。」

意識？不能說有。

「但你注意過，對嗎？意識的本質。整個世界存活在你的腦袋之中，而這個世界跟我的、葉兒的完全不同。別講得太複雜，但差不多從笛卡兒的年代開始，我們就注意到這兩個完全不同的領域——心靈與物質。」

我說：對，當然，為此我沒有想太多，但很有意思。

「好，很好，我很高興你也這麼想。我知道已經很晚了，但既然我們在聊天，我可以請教一件事嗎？」

他又壓低了聲音，我覺得聽不太清楚，而我們已經靠得很近了。

你想問什麼？

「如果葉兒……」他的目光投向我們臥房。「……每個層面都跟她現在一樣，但就是肉體上沒有那麼迷人了，你覺得你還會娶她嗎？」

這個問題問得我措手不及，但我不想展露出來，所以我沒有遲疑，直接回答。

我說：當然會，我愛葉兒，她是我的妻子，她會永遠跟我在一起。我會愛她，我會永遠愛她。

「這我知道，我很清楚，我沒有質疑你愛她這件事。不過，我問的不是這個，你確定你還會娶她嗎？還會忠於她一輩子？想清楚，她的外表對你來說不屑一顧嗎？你是這個意思嗎？她的長相完全不重要？」

這是失禮也不得體的問題，似乎與我們先前談的一切都沒有關係，我感覺到汗水沿著背脊流下。

我說：對我來說，無論如何，她都還是葉兒。

「是嗎？她還會是你愛上的那個葉兒嗎？那這樣呢？如果她長相不變，但稍微笨一點？她還是葉兒嗎？」

這太蠢了，這是什麼蠢問題？葉兒就是葉兒。

我感覺到肩膀刺刺的，我伸手摸過去，他看著我，讓我再次驚覺，他是來這裡監視我且加以學習的。

「抱歉，我不該耽擱你睡覺的時間，我真是太過分了。我會小聲點，今晚保證不吵了。」

我想到現在是問他這個問題的好時機，這個問題從葉兒提出後就一直糾纏著我。

你有沒有聽到什麼怪聲？好比說牆壁裡傳出來的輕輕抓扒聲？

「沒有。」他說。「沒事吧？」

沒事，只是好奇，晚安。

「朱尼爾，睡飽一點，明天是個大日子，大日子呢。記住，我們的觀察期一下就會結束，然後你就不用再擔心什麼了。我保證，一切都搞定了，再撐一下下，就兩天了。」

他轉頭回到房裡，關上房門，發出低低的，幾乎聽不清楚的「喀啦」一聲。

「朱尼爾，早安。」

我睜開雙眼，眨了幾下。

「睡得如何？」

泰倫斯站在我面前，面露微笑，充分休息，神清氣爽，拿著一杯咖啡，我聞到了，那是我最喜歡的馬克杯。

我瞇著眼睛看著他，說：早安，現在幾點了？

「快八點了，想說今天讓你稍微睡晚一點，肩膀怎麼樣？」

我說：還行。葉兒呢？

「上班去了，她十分鐘前出的門。兄弟，今天就只有你跟我在家。」

我坐起身來，因為肩膀的疼痛而面露難色。泰倫斯將馬克杯交給我，又燙又濃的咖啡，我喜歡的咖啡。我以為我昨晚在椅子上絕對睡不著，下樓時，我整個人很清醒。我在黑暗中行動，繞去門廊，又在客廳裡踱步。我不舒服，覺得煩躁不安。我考慮要不要上樓看看葉兒是否也沒睡，卻沒聽到樓上的動靜，決定不要上去。

最終我坐回椅子上，閉上雙眼。聽著屋子的聲音。不曉得自己睡不睡得著，但我猜我肯定睡著了，至少睡了一下。

「你睡得好熟。我們想說也許吃早餐時再叫你，但你睡過去了。沒做惡夢吧？」

我說：沒有，我為什麼會做惡夢？

他沒有回答。

「如何？」他說。「泡得好嗎？」

什麼？

「咖啡，濃一點，加上糖跟奶精，你喜歡這樣喝，對嗎？」

你怎麼知道？

「葉兒跟我說的。」

泡得很好，我說。

「還有這個，別忘了。」他給我一顆藥丸。

我心不甘、情不願地接下，配著另一口咖啡嚥下。我雙腿翻過椅子，站起身來，打個呵欠。我走到窗邊向外看，又是另一個陽光燦爛的炙熱日子。晨霧也跟平常一樣厚，也許今天會下雷雨，希望會啦，這樣才不會這麼悶。

我抓起我的螢幕，打開氣象預報。

氣溫保持穩定，相對濕度持續攀升……

泰倫斯看著我，看著我聽取氣象預報，他打斷我。

「濕氣重，流汗也沒有用。」泰倫斯說。「可惜我們沒辦法涼快一點。」

我已經感覺得到兩側太陽穴的汗水要流下來了，隨著今天展開，天氣只會更熱，他越講我就越有感覺。

我大概該去給雞加點穀糧，我邊說邊扣起襯衫。

「已經弄好了。」

我停下動作。

「我想說既然我已經起來了，我可以幫點忙。」

你已經餵過雞了？那是我的工作。

「沒事的，別擔心，我替你搞定了，牠們搶食物搶得挺瘋的。我知道現在還早，但我們時間有限，我希望如果我替你做了這些事，我們就能早點開始。」

你是說訪問？

「現在葉兒出門了，沒有人會打擾我們了。」

我希望他昨晚先提這件事，說我們一早就會開始，我原本還很期待可以去穀倉，暫時遠離他。

好，我說。

「你餓了嗎？還是喝咖啡就好？葉兒說你通常都先喝咖啡，晚點才吃早餐。」

我說：咖啡就好了，我也許得先去廁所一趟。

「當然，當然，沒問題。我就在這裡等，你慢慢來。」

~

我連忙逃走，我找到逃離他的方法，至少暫時如此，逃離那些問題、凝視與關注。雖然待在小小的廁所裡，但至少能獨處，真是一種解脫。

我看著鏡中自己的倒影，這是我，看起來跟平常一樣，但皮膚有點鬆弛，略顯疲憊老態。我注意到水槽裡有一根長長的金色頭髮，就這麼一根，我不該放在心上。我刷好了牙，冷水洗過臉了，我看起來卻跟徹夜未眠一樣，一分鐘都沒睡的樣子，我昨天感覺到的活力彷彿連夜消散。

我撿起那根頭髮，對著光拿在眼前。我把頭髮翻來覆去，然後扔進馬桶裡。我跪了下來，臉壓在地板瓷磚上，想要看看有沒有更多頭髮，我的鼻子距離地板只有兩公分，什麼也沒有。我移動身子，望向馬桶後方，用手觸摸馬桶底部，彷彿是在尋找弄掉的戒指，那邊摸起來濕濕涼涼的。馬桶邊緣有凝結的水，馬桶跟我們一樣也在冒汗。

除了頭髮之外，這裡完全沒有他存在的痕跡，泰倫斯沒把牙刷擺在我們的架子上，這樣很好。葉兒給他的毛巾沒有跟其他毛巾掛在一起，他肯定帶回房間了，他的房間就在浴室隔壁，就在馬桶後面的牆後。他大概在想我為什麼在上頭耗這麼久，我打開水龍頭，讓水流一流。

我站在馬桶前方小解，我觀察馬桶裡頭的東西，然後才沖水。深黃色，我肯定缺水了，我該多喝點水。

我洗了手，打開藥櫃，取出牙線。葉兒會規律使用牙線，至少她是這麼說的，我沒有經常使用。我關上藥櫃，拉出一段長長的線，我將一端纏在左手食指上，望向鏡子。

另一端纏在我的右手食指上，我把牙線拿到嘴邊，我張開大嘴，將牙線塞到後方的兩顆牙齒之間。我大力深入牙齦，前後移動，增加壓力，我一直用到感覺不太舒服，感覺嘴裡有金屬的血味為止。我沒有住手，我繼續出力，繼續鋸下去，不適感變成疼痛，淚水積在眼眶裡。我嘴裡都是血，我把血吐在洗臉臺裡，看著鮮血與唾液朝排水孔流去。

我知道我該覺得不堪、覺得噁心，但看著我的血流在白色陶瓷洗手臺上時，我沒有這種感覺。反而感覺良好，我覺得清醒，腦袋清楚，有活著的感覺。

我出了浴室，彷彿一切正常，泰倫斯趕著我去樓上閣樓，他走在我身後，沒有開口。他會在閣樓進行訪問，我不想參與的訪問，我不希望他出現在我家，入侵我的空間。我不想回答他的問題，但我覺得自己別無選擇，感覺彷彿可以選，但真的嗎？我真的可以選擇嗎？

「好了，朱尼爾，你準備好就開始。鏡頭設定好了，你可以講點話嗎？我要設定音量。」

閣樓是全家最熱的地方，我不懂泰倫斯為什麼會覺得這裡是進行訪問的好地點。這裡的確空曠安靜，但這邊沒有樓下那些可以讓人分心的物品。

他已經替我們擺好兩張折疊椅，古怪的是椅子擺放的方式，兩張椅子沒有面對面，而是我面對牆壁，泰倫斯坐在我後方。他要我坐下，放輕鬆，我就坐，聽到他坐進我身後，我看不見他，只能聽到他的聲音。他身旁有一座立在腳架上的鏡頭，正在拍攝我。

我該說什麼？聽得到嗎？哈囉？哈囉？

「很好，錄到了，朱尼爾，別擔心，錄得很清楚。一切就緒，好啦，跟我們聊聊吧。」

我要你離開，我不是你朋友，我要你現在就走，離開我家，我心想。

好比說？我問。

「想說什麼就講什麼，真的，什麼都可以。」

不知道耶，你想聽什麼？

「工作怎麼樣？你在哪裡工作？朱尼爾，你是做什麼的？」

他已經知道我的工作內容，但我猜我該提供多一點細節。

我如果沒跟現在一樣受傷的話，應該去飼料工廠工作，主要是在南端的卸貨區，那是我的崗位。

我停頓下來，不曉得還要說什麼，我不想講太多。

「繼續，我在聽，但我不會開口。多說一點，想到什麼說什麼就好。」

穀物每天都會送來，時間不一定，我大可選擇不一樣的崗位，要求少一點搬運、少一點體力活的工作，但我習慣了。我喜歡勤奮工作，我不喜歡跟某些人一樣，成天坐在那裡浪費時間。早上是工廠最忙的時刻，過得最快的時刻，我老說忙碌總比無所事事好。

「朱尼爾，太棒了，繼續。」

我該跟你說說那些雜糧嗎？我問。

「當然，好啊，跟我說說雜糧。」

送來的時候，可能是裝在袋子裡或散裝的，袋子裡的穀物比較好處理。將它們從卡車卸下，放到滑動墊木上，我用堆高機一口氣移動所有的墊木，從卸貨區移到大槽邊。所有的東西都會先倒進大槽裡，會在那裡分揀，然後送去別的地方。

散裝的穀物會直接扔進可以移動的送料斗裡，然後裝袋。我們會在包裝區進行，那是輕鬆、不用大腦的工作，如果你覺得無聊，那你真的會覺得很煩。飛塵也很多，你也許不會注意到，但真的有，就像一層薄薄的粉，光是包裝穀物就可以讓人發瘋。

「你記得這附近什麼時候有真的農場，裡頭還養了牲口嗎？」

我想了想。

不，不記得，我說。

「我猜那些超大型養殖場裡面可能很可怕。」

養雞場是最恐怖的。

「你去過？」

我說：沒有，沒去過，但我有所耳聞，他們說那些地方很恐怖。

「是嗎？」

那些家禽都擠在建築裡，這樣不對，那種地方裡有電梯，十幾層家禽統統堆疊在一起。沒有新鮮空氣，沒有自然光，應該做好通風的，但也沒有。

「你對這種事很了解。」

我猜是吧，對，光是聆聽就能學到很多。通風設備總會壞掉，也不會立刻修理，沒有人在乎通風、光線或那些鳥。

「所以你會在工作時談論這些事？所以你才知道？」

我工作時不太說話，通常不會，但我會聽。

「所以是你的同事，他們跟你講的這些故事。」

對，我會聽到一些東西。

「所以這是第一手的消息，你從這些第一手消息中得出你自己的看法？你自己的判斷？或者，你會說這些是你同事的判斷？」

我有個同事曾在養雞場工作，他說雞的大腦比他的大拇指還小。**身為人類的特權就是，我們有個大腦袋，可以決定其他物種的命運**。他是這樣講的，然後他大笑起來。

「他有跟你說別的嗎？」

在那些地方經常有細菌或真菌爆發，那些鳥很容易病懨懨的，搞不清楚狀況。工人在養雞場內部時，要全程戴口罩、護目鏡跟手套，那邊有各種能夠傷害雞隻的可怕寄生蟲，還要用顯微鏡才看得到，如果有健康的鳥，那數量也非常少。

「你覺得你為什麼會跟我說這件事？」

我思索了一下，然後說：我不知道。

「朱尼爾，這太有意思了，真的。你跟葉兒提過這件事嗎？或是，你只是現在才回想起這項資訊、這則回憶？」

我不知道，我說。

我聽他在我身後操作起他的螢幕，發出了聲音。不過他沒有繼續說下去。

「在工廠工作肯定讓你很開心，聽起來是適合你的地方。」

我開心嗎？有嗎？也許吧，我心想。一般人對工作該有何種感覺？工作是因為不得不做的事情。

我說：那只是穀物、飼料，穀物、飼料罷了，時間繼續前進，我一直覺得那是一件好事。直到最近，我現在不太確定了，這樣好嗎？時間過得這麼快？那天我才用不同的方式思考起時間來。我們為什麼會活在現在的時間裡？要是——

「朱尼爾，目前這樣就夠了，謝謝。你表現得非常好，在你休息前，最後一個問題，可以請你閉上眼睛嗎？」

我閉起雙眼。

「好，你現在看到什麼？」

你剛叫我閉眼睛。

「我知道，但我不是那個意思，想想我的問題，眼睛閉起來之後，你還看得到嗎？」

我看不到你，或是此刻房間裡的狀況。

「我知道，但你還是看得到嗎？」

我等著，雙眼緊閉，我釐清思緒，聚焦起來，我該看什麼？

我說：可以，我看到了。

「你看到了什麼？」

現在看到什麼？

「對，現在。」

葉兒。

泰倫斯說明我們的交談已經結束，我起身下樓。整個訪談讓我覺得疲憊、無力、無法理解，氣氛很緊繃，令人意外。我沒有準備好要說那麼多話，不過坐到椅子上，我卻停不下來。他的疑問，他的靜默，好像是專門設計用來讓我提供這些資訊的方式一樣，我越跟他相處，就越不信任他。

到了外頭，我沿著窄窄的泥巴路前往穀倉，我解開鐵鍊，拉起木門，進入穀倉。雞跟平常一樣在裡頭到處跑，幾隻雞注意到我，其他則完全不理我，沒必要，但我還是加了牠們的穀糧。我發現自己的思緒打起轉來，感覺沒有變好，我更不舒服了，我肩膀痛。我幹嘛跟他講養雞場的事？我低頭看著自己的雞，牠們沒有養殖場裡的雞那麼慘，這些雞都吃得很好，受到良好照顧，牠們有空間、有自由。

我從穀倉裡唯一一扇的小窗戶望回屋子，看到泰倫斯樓上房間裡的動靜，他回房了，我繼續看著他拉上百葉窗。我很慶幸我還有穀倉，我很慶幸不想待在家裡時，我還能來這個空間，休息一下，獨處一下，有時間可以思考。我很慶幸我還有這些雞要照顧，我細心照料牠們，我跟牠們很熟，牠們帶來熟悉感，行為都在預料之中。

我在穀倉後頭繞了繞，逛進油菜花田，泰倫斯的訪問啟動了我內心某個還沒有徹底停下來的感覺。生命難道不是該由每個個體自己決定，發展出最真實的生命嗎？非得要有挑戰或進步的元素出現嗎？

我因此想到了建設計畫，那是我的使命嗎？那是我的挑戰？那是我要面對的進步？要是入選的是別人呢？取代我的位置？我的生命定會走向不一樣的道路。要是我的入選根本不是抽獎抽出來的，而是事先設計好的呢？我該問問泰倫斯這件事，讓他也體驗一次窘迫的處境。

回到家時，泰倫斯還在樓上，我喊起他。

人呢！

沒反應。

我走到客廳躺椅旁，拿起我的螢幕，沒有多想就打給正在上班的葉兒。電話響了三聲，她接了起來。

我說：嘿，是我，我……

「怎麼了？你通常不會在上班時打電話來，出了什麼事？」

我可以聽到她語氣裡的關切。

我說：我們今早談了一下，我是說，我負責開口。泰倫斯要我講話，講了一堆，現在他在他房裡。葉兒，這很奇怪，這一切都很奇怪。我不知道這是怎麼回事，我是怎麼回事，他是怎麼回事，還有這一切。

「怎樣奇怪？你說了什麼？」

主要是在講工作，但感覺……很怪。我只是配合他想知道的資訊，我想表現得輕鬆一點，想到什麼說什麼，我不懂這有什麼意義。

她沉默了下來，她沒打算開口，但我聽到背景裡的聲音，大概是她同事。

「工作怎麼樣？」我問。

「很忙。」她說。「跟平常一樣。」

我在想，也許我們該把這件事告訴其他人，跟他們說泰倫斯的事，以及他為什麼會來這裡，還有遠方無垠，以及我要出門的事。

「我不覺得這是個好主意。」葉兒回應。

為什麼？妳不覺得這樣怪怪的——

我聽到身後發出的喀啦聲，便轉過去，泰倫斯就站在距離我幾公分的地方。不曉得他下樓了，他直到現在才發出聲音。

「朱尼爾，怎麼了？」她說。

沒事，我該掛了。

「好，晚點見。」

我掛斷電話，將螢幕放回桌上。

「朱尼爾，雞怎麼樣？」

他知道我去哪裡，他大概全程緊盯著我，看我出門，看我沿著階梯下去，前往穀倉，然後進去，這就是他在這裡的目的。

我說：雞還是老樣子，我又給了牠們一點穀糧。

「你剛剛是在跟葉兒講電話嗎？」

對。

「你會常在上班時打電話給她嗎？」

不一定，但沒有常常。

「一切都沒事吧？」

對，她在忙。

「我們必須確保她沒事，這是最重要的事情，我不介意對你提這件事，但這件事你跟我知道就好。通常在這種狀況裡，留在家的那位成員會很不好受，很難接受現實。」

我說：呃，可以理解，這不是每天都會發生的狀況？

「的確，這種狀況會帶來壓力與不確定性，是全新的狀況。我們進行了許多研究，探討未來的缺席對伴侶造成的影響。我來這裡，打亂你們的日常作息，我只是希望我們目標一致，我們都在乎葉兒的福祉。所以，如果你覺得她行為古怪，或是她說了什麼你覺得……困擾的話，你最好立刻告訴我，她剛剛有對你說什麼不尋常的內容嗎？」

沒有，我說。

「很好，朱尼爾。抱歉，在我們今天訪談前，有個東西我忘了。是我不好，沒什麼大不了的，但現在裝也可以，只要一下下就好。」

什麼東西？

「沒什麼，只是要在你身上裝這個小小的感應器。」

他用兩根手指捏著一個淺咖啡色的碟片，又薄又小，尺寸不會超過一枚硬幣，看起來像圓形的ＯＫ繃，柔軟可以折疊。

「很輕，不會帶來傷害，你根本感覺不到。」

我不想裝那個，我說。

「這沒什麼啦，但很重要，可以追蹤你的血壓、心跳，那些無聊的東西。」

要在身上裝多久？

他移動到我身後。「我保證三十秒後你就會忘了它的存在。」

我繼續抗議，但感覺到他將感應器牢牢壓在我後頸上，也就是髮梢末端那邊。我感覺到一陣暖意，一個鈍鈍的刺入感，我伸手觸摸那個位置。

「好了，好了，裝好了。」

會留在上頭？洗澡、睡覺時會掉下來？

「沒事的，會留在那裡，忘了就好。」

我說：好。卻還是持續觸摸那個柔軟的小小碟片。

「我希望你不要介意我這麼說，但我剛剛聽到你跟葉兒的談話了。我微不足道的看法是，不要把這個消息說出去，至少此刻不要說，你永遠不會知道旁人對你的好運會作何感想。這附近沒有多少活動或令人興奮的事情，這種好運很容易造成其他人眼紅怨懟，在這種情況裡，嫉妒是很常見的反應，這是人性。」

我只是一時興起，我說。

「再說。」他說。「保密算是某種遊戲，我們在玩遊戲，好嗎？這樣想吧，只是一場遊戲，而遊戲應該要很有意思才對。」

泰倫斯給了我一點時間獨處，讓我有時間「整理思緒」，感覺彷彿只有幾分鐘，也許十五，也許二十分鐘，我坐在我的椅子上，看著牆壁，打算聚焦，打算思考。

然後他笑著出現在我身邊。

「與其讓我問這麼多關於你工作的問題，我想我還是親自去那裡看一看，也許跟幾位同事聊聊，感覺一下當地人的感受。」他說。

我不喜歡這個想法，我不希望他繼續挖掘我的生活。

一時興起，我提出一個建議。

我們為什麼不一起去呢？我們現在就可以去，我說。

「不，朱尼爾，不用啦。你肩膀受傷，還要讓你出門，我過意不去。」

我說：我還是可以行動，我的腿沒事，我知道你想看我工作的地方，所以咱們現在就出門吧。

「哎啊，你說了算。」他說。「那好吧，有何不可呢？」

我們一起出門，坐上我的卡車，引擎發動之後，我下令：去工廠。辨識出來後，導航系統閃爍起來，發出嗶嗶聲。

我們上路後，他問：「還痛嗎？」

肩膀？

「對，因為路況可能有點顛簸，跟你在家裡椅子上休息不一樣。」

我說：沒事的，活動一下大概比較好，偶爾能夠出門挺不錯的，一直待在家裡，對於生理及心理都不健康。

「這輛車買多久了？」他問。

一陣子了，這不是新車。

「車況不錯。」

如果善待它們，車子可以撐很久。

「就跟其他物品一樣。」他說。

這是我第一次跟泰倫斯一起出門，卡車裡，我們坐在彼此身邊，我更加注意到了他的存在。卡車自動帶領我們前往目的地，我因此有機會可以好好端詳他，就跟他研究我一樣。他的指甲咬得短短的，手腕纖細，沒有落腮鬍或鬍碴，可以輕易猜測出他只有二十二、二十三歲，但他能擔任這份工作，年紀應該大一點。他肯定至少三十了，看起來卻不像，是因為那頭長髮跟他那張娃娃臉。

「所以那裡怎樣？」

長長黃色花朵的田野出現在我們車旁。

哪裡怎麼樣？我問。

「飼料工廠，我很好奇。」他轉頭望向我，還盤起左腿來，壓在身下。「我覺得跟你、跟亨麗葉塔一起相處非常自在，但我不認識工廠裡的人，告訴我該期待什麼。」

你有去過種子或穀物工廠嗎？

「沒有，沒去過。」

通常就是一棟大建築，好幾棟大建築，統統連在一起，我說。

我決定要把對話轉移回他身上，焦點一直在我身上，感覺越來越煩。

這麼多年來，你做過哪些工作？在遠方無垠之前？我問。

「很多啊，我花了點時間才找到熱情所在。對我來說，肯定要有熱情，不然幹嘛啊？」

對此我沒有任何反應，我不確定我會說飼料工廠是我的熱情所在。這是一份工作，我擅長的工作，我需要工作，所以在這裡工作，這不是什麼理想中的幻想。

這時他又轉變話題，但我不懂為什麼。

「葉兒不常旅行，對嗎？也不常出遠門？」

對，她不需要出遠門，我說。她不是會想環遊世界的人，她對家庭、她的生活很滿意，這沒什麼不好的。

「當然沒有。」他說。「完全沒有不好的地方，我聽到她昨晚彈琴了，她彈得真好。」

就我認識的人裡，彈得最好的，我說。

我說：我要問你一件事，你要誠實的回答。

「當然好。」

那是什麼樣的東西？會取代我的東西？要跟葉兒一起生活的東西？

哎啊，我第一次對他講話這麼直接，我第一次提到那個東西，替代品。我不知道我為什麼要提這個，但我忽然覺得非問不可。

「它不會取代你的位置，只是先幫你占著位置，就像代課老師只是來幫忙上幾堂課，這樣學生才不會進度落後。」

好，我說。

但這樣不對，我覺得一點也不對。

「你好奇，合情合理，別因為開這個口而覺得過意不去。」

我繼續說：我沒有辦法理解這個東西，我試過，但真的無法理解。

「朱尼爾，它會看起來跟你一樣，一模一樣，就連你自己都沒辦法分辨出你跟它的差別。」

我將目光從泰倫斯身上移開，望向窗上自己的倒影。不可能一個人就這樣完美複製出來，不可能。

「如果我是你，我大概也會覺得同樣不可置信。一切都要回溯到你跟我出生之前，那是早年的技術，差不多就是 3D 列印技術延伸應用起飛的年代。第一個艱鉅任務是替需要替換的病人用 3D 列印打造出客製化的骨骼與關節，一開始這樣技術適用在健康醫療領域，骨頭能夠製造出來，但又不全然是假的。」

所以不是完全真實，卻也不全然是假的

「可以這麼說，沒錯，它們是用鈣與其他有機物加上合成材料製成。科技持續進步，然後休閒活動的虛擬實境也起飛了，我們現在做的就是從虛擬實境領域自然進步。我覺得我們沒料到一切會發展得這麼快，虛擬實境居然會在短時間內遭到淘汰，進入下一個階段。」

我猜事情就是這樣，一個技術是替下一項技術鋪路。

「成長與進步，這是人類的本質，一直如此。原本不可能的事情，現在不只辦得到，而在達成下一個新的追求後，這種原本的不可能又遭到遺忘。」

我猜貫穿其中的主題就只剩我們了。

「你是說人性？」

我說：對，自從你出現後，我就越來越常想這種事，我們怎麼活，我們仰賴什麼，我們很依賴這些進步。

泰倫斯開始點頭。「的確，就算是你的卡車也一樣，沒多久以前，大概是你父母小時候，那時的人還會自己開車。現在我們看來這麼愚蠢的事情，不可理喻又危險，容易犯錯的人類居然能夠操作這麼大一臺金屬，以時速九十六公里的速度開在高速公路上，但幾個世代之前，那是他們的常態。大家都有車，都會自己開，那時沒有人會多想。」

同一時間，雖然一切都變了，還是有很多保持原貌的事情。

「對，就跟遠方無垠的標語一樣。」

前往遠方，**成就更佳**，我說。

他一度沒有反應。

「你知道我們的標語？」

我說：我猜是吧，我肯定是在哪裡看到的，或是聽你提過。

泰倫斯望向窗外，說：「我沒想到這裡這麼多土地都是油菜花田。」

我說：差不多都改種油菜花了。看，前面就是了。

在我們一路開過來的黃色花海之間，第一處沒有花的地方就是飼料工廠的三座高塔。

「嗯，你說得對，真的很巨大。」他說。「看起來很老舊，好像廢棄廠房。」

這裡有過更風光的日子，我說。

~

我們駛離泥巴路，穿過飼料工廠破舊的鐵絲網圍欄，進到碎石停車場。從我家到這片停車場，這段路我已經開了好久、好久了，我們在好幾排卡車的盡頭找到一處停車格。

我說：我們今天走大門進去，但我平常不會走那裡，我平常都走後門，那是員工專用的門。

泰倫斯拿出他的螢幕，我想是在拍照跟做記錄吧。

我們進去時傳來叮的一聲，泰倫斯跟在我後頭。裡頭沒人，連瑪麗都不在，我心想，真怪。我期待會在她的位子上看到她，她是接待小姐，她這時通常都會在這裡招呼、接電話。

這邊，我說。

我帶他穿過入口，前往後方，朝第一個卸貨區前進。這裡也沒人。

「這裡比我想像的還要大，好多東西可以看。」泰倫斯說。「我大概明天還得回來一下，這樣我才不會錯過什麼。洗手間在那裡嗎？」他指向我們左邊的長長走廊。

對，穿過那裡，就在盡頭。

「我等等就回來。」

我很少來工廠的這一邊，絕對不會像這樣站在這裡。今天工廠裡特別安靜，人都去哪兒了？有一滴水從天花板滴在我腳邊的地上。有水漬的地方逐漸聚集成水滴，下一滴還沒滴落，但終究會滴下來。

瑪麗，我一邊說，一邊在走廊盡頭看到她。嘿，瑪麗。

她停下腳步，看著我。

「朱尼爾，我的天啊！你還好嗎？真不敢相信你在這裡。」她開始朝我走來。「看看你！葉兒打電話來，說你肩膀受傷了。你感覺如何？」

還好，就是有點痠，我會沒事的。

「你怎麼跑來了？」她說，她輕輕抱向我，我必須彎下腰來。她很謹慎沒有接觸到我的肩膀。「我想你短時間內應該不能工作吧？」

對，現在不行。我等等就走。

兩個男人經過，都向瑪麗點頭示意，但沒有停下來交談。

「我們會很想你的，我們已經開始想你了，但我們會接受現實的，你需要時間療傷。」

今天有人問起我來嗎？問我在哪？

「今天？」她用浮誇的動作拍了拍在她頭上嗡嗡打轉的蒼蠅。「噢，我不確定，你今天來有什麼特別原因嗎？你該休息。」

我說：我只是送泰倫斯過來，他想到處看看。

幾個送料斗啟動了，聲音很大。很難聽清楚。

「泰倫斯？」

對，泰倫斯。我現在得用吼的了。葉兒的……表弟，他會跟我們待一陣子。

「對，就是他，葉兒提過。哎啊，真高興見到你，希望你快點恢復到以前的狀態。」她說。「記住，最重要的是你都健健康康的。」

我們在工廠待了差不多一個小時，不過，有個令人不安的發展，我開始注意到了。我以為是因為壓力跟缺乏睡眠導致，但，原本一個小時感覺就是一個小時，最近時間似乎加速了，或著，也許是變慢了。

一個人的認知怎麼可能在幾天裡就迅速轉變？泰倫斯自己跑去看卸貨區，但當我跟他一起行動的時候，他就一直說：「看看這個，看看那個。你覺得這怎麼樣？」然後問起一堆工具跟設備的問題。

離開時，我已經覺得情緒緊繃、煩躁。開車回家路上，他全程在螢幕上輸入內容，我則望向窗外，他打了一通電話，聽起來像是在討論我。到家時，我希望得到一點清靜的時間，他卻又想跟我談談。

我們回到他臨時拼湊出來的審訊室，他跟上次一樣，坐在我後方。我們從工廠回來時，葉兒已經到家了。我想跟她聊今天的事，但泰倫斯在附近聽得到我們交談，一直卡在我們之間。

「你感覺如何？肩膀怎麼樣？」泰倫斯問。

我其實沒有什麼感覺，我說。

「噢，真的嗎？不痛了？」

不痛。

「好，很好，那是藥丸的功勞，真的有用，你有口乾舌燥嗎？」

我掙扎起要怎麼告訴他，要告訴他多少。

我不覺得，但我注意到，這個，我好像感覺……心靈上精力充沛，彷彿是咖啡喝太多，不是焦慮激動，而是別的感覺。

不只像精力充沛，而是更深刻的感覺，但我沒告訴他。

「有意思。」他說。「很高興聽到你這麼說。」

我說：但很奇怪，我今早想要回想一件事，一則回憶，我年輕時的事，十六歲，還在學校的時候，但我卻想不起來。我想不起細節，我依稀曉得那是什麼事，但也就這樣而已，你覺得你給我的藥物會影響記憶嗎？

泰倫斯嚴肅地看著我。「我不確定我懂你的意思，如果你不記得你十六歲的這則記憶，你又怎麼會想起來？」

怪就怪在這裡，我不記得，我只知道有這件事，我知道這是一則重要的回憶，但就是想不起來。

葉兒出現在門口，不曉得她聽到多少。

「妳不能上來這裡。」泰倫斯看到她時沒好氣地說。

「你為什麼要問他這些問題？他壓力很大，你這樣不會讓他好過，你是把事情搞得更難堪。」

「葉兒，拜託，現在不是討論這個的時候。」

「你這樣很過分。」

泰倫斯提高嗓門，他之前都沒有這樣過。「我說，夠了，妳不要來打擾我們。」

我說：嘿，冷靜點，葉兒跟我們一樣有權利來這裡。

「朱尼爾，我需要跟你在沒有打擾的情況下，進行一對一的談話。葉兒，妳這是來攪局，拜託，我現在是客氣請妳離開。」

「朱尼爾，你表現得很好，盡量回答他的問題就好，我就在樓下。」

她轉頭離開，沒有跟泰倫斯繼續交談。

「你們兩人心裡都有很多情緒。」他說。「而我擋在你們中間，我理解，但這樣最好，她會沒事的，我不會太擔心她的反應。我要查看一些數據了，確保一切都沒事，血壓、心跳，還有別的數據。」

他起身抓起一個小裝置，他將東西接觸我的食指，裝置發出嗶嗶聲。

那是什麼？我問。

「監測器，沒什麼大不了的。」

他拉起我的另一隻手，分開我的食指與中指。他轉過身，從包包裡拿出某個物品，看起來像是小型注射器。他又抓起我沒事的那隻手，用注射器接觸我手指之間的柔軟皮膚。

「你會感覺到輕輕的刺癢。」他說。「我只是在取樣。」

我考慮拒絕，阻止他，但事情發生得很快，我無法阻止。他將針頭細細的尖端插向我的兩根手指之間，我畏縮起來，反射性將手抽回來。

拜託！

「抱歉，已經好了，我知道，那裡很敏感，對吧？」

他走到我身後，卻沒有坐下來。

「可以請你暫時往前靠嗎？」

像這樣？

我在位子上往前靠。

「對，把雙手插在大腿上，對，就是那樣。」

我感覺得到他的手在我背上，在我脊椎上游移。

「好，非常好，朱尼爾，你有想過旅行嗎？」

旅行？你是說我可以自行選擇，而不是因為什麼假抽獎，被迫離開大氣層的歡樂旅行？

他笑了笑。「對。」

沒有，並沒有。

「你不覺得去未知的地方看看不錯嗎？就算只是離開農場幾天，逛逛景點，拓展視野？」

我想都沒想過，那對我來說沒有什麼吸引力，我有工作跟家庭的責任。

我喜歡我出生的地方，屬於我的地方，我跟葉兒在這裡很自在。我們有一棟房子，還有雞要照顧。

「哎啊，那亨麗葉塔呢？你有沒有想過，也許她要的不只如此？」

我之前就說過了，她喜歡這裡，妳該看看她的原生家庭，在我們交往前，她過的那是什麼樣的生活。

「你們交往前，她的生活？你在車上提過，她家很貧困。」

我忽然覺得雙眼深處發起微微的頭痛。

我只知道她跟我說的狀況，我說。

「那是什麼狀況？」

狀況並不好，她老家沒有多少資源，她在破敗的農家長大，非常窮困。

「你對她的過往有什麼了解？」

那不重要，我只知道我想跟她在一起，我知道我們可以交往，打造未來，她的過往對我來說不是重點。

「但你說——」

你為什麼要問起葉兒的事？這有關係嗎？我一邊問，一邊用手壓在太陽穴上。

「我需要徹底了解你這個人，而天底下有什麼東西比葉兒更重要？」

我說：沒有了，我想我今天聊得差不多了。

「我們還是再聊一下比較好。」

不，我不想繼續跟你聊了，我說，嗓門有點大得超乎意料。

「怎麼了嗎？你為什麼一直搓揉你的頭？」

我沒注意到我還在按摩左側的太陽穴，他一提，我就停下動作。

頭有點痛，我想下樓了。

「好啦，好啦，你可以停下來了，你又不是人質，不礙事。」

我起身撞翻椅子，連忙沿著窄窄的閣樓階梯下樓，不給他繼續開口的機會。

我與泰倫斯之間的訪談令人困惑、迂迴沒重點，也讓我不安，特別是後來他一直追問葉兒的事。我知道要不是我打住，他會繼續問下去。我不喜歡他對她這麼感興趣，我覺得心裡七上八下，真的，整個正式訪談都感覺很不必要。他難道就不能待個幾天，觀察我的生活，聽聽我想說的話，然後滾蛋就好？那樣不就夠了嗎？

已經很晚了，我該覺得累，但我沒有。我對泰倫斯開始發展出一種理論，他此行目的的理論，以及他為什麼要問那麼多問題。我覺得他對我、對我們並不誠懇，他隱瞞了什麼。

我前往廚房，抓了一瓶啤酒。我口乾舌燥，但我沒告訴他，大概是藥丸或氣溫的關係，啤酒能解熱。我在冰箱前面來回踱步了幾分鐘，釐清思緒，我喝完了啤酒，開了另一瓶，葉兒在地下室彈琴。

我躡手躡腳下樓，一路走到最底下。我保持距離，站在她身後，啜飲啤酒，看著她，聽著她。她真的很了不起，她彈得如此流暢優美，她彈琴的姿態有種無可辯駁的柔弱感，因此加強了我想要保護她的決心，跟她一起待在這裡，就跟她剛剛替我講話的時候一樣。她一路跑到閣樓來看我的狀況，她替我仗義執言，少了她，我該怎麼辦？這是很可怕的想法，我隨即抛在腦後。我認得她彈的這首歌，我認得，我喜歡這首歌，我聽得更享受了，這是她以前會彈的曲子，但最近不怎麼彈了。

我又喝了大大一口啤酒，啤酒舒緩了我的頭疼，我看著她。

也許我沒有自己想像中那麼平庸，這是很嚴肅的念頭，令人振奮。我之前沒有想過這件事，一定是因為啤酒，加上我與泰倫斯的對話，還有葉兒在彈這首歌。

我又走近幾步，此刻就站在她身後，她還是沒注意到我在。她卻一個音符也沒彈錯，沒有遲疑也沒有停頓，沒有犯錯也沒有失誤，太神奇了，她好厲害。

事情變得清晰，不是因為抽獎，或是遠方無垠。我在回想一些事、清點狀況，用嶄新目光檢視我所擁有的一切，用不一樣的方式思索我的人生。

我喝完啤酒，將酒瓶輕輕放在腳邊，然後又朝她走進一步。我不急，現在我就在她身後。我伸手搭上她的肩，她詫異退縮，按到錯誤的琴鍵，她停下演奏，雙手擱在大腿上。

我說：繼續彈啊，很好聽，妳彈得太好了。

「你嚇到我了。」她說。

我只是想見見妳，想跟妳相處，我今天幾乎都沒見到妳。

我感覺到她皮膚上潮潮的。

「只是一連串怪日子裡的其中一個怪日子。」她說。「還是沒下雨，我開始擔心了。」

我不要妳擔心，不要。

「我知道，我很清楚，你喜歡我彈琴嗎？」

喜歡，我喜歡，妳彈得太好了。

她從凳子上轉過身來，面向著我。「我要告訴你一件事，這不是為我彈的，你知道嗎？我不是為了我自己彈琴，我彈是因為……你要我彈，我是為你彈的。」

她剛剛說的話感覺很重要，但我覺得她沒說完，她會繼續說，她想繼續說。

我說：繼續。

「你喜歡我彈琴，而就跟很多事情一樣，你覺得彈琴對我很好，但事實並非如此。我並不會因此心情好，我甚至不喜歡坐在這裡，而你完全沒有注意過這種事，不管你有沒有意識到。我期待你理解我的心情，有過太多例子，但你就是不懂。我覺得很無力，很挫敗，彷彿只要我們住在這裡，一天過一天，你就會覺得我很快樂。說真的，我很少覺得快樂，我不需要把所有的話都告訴你，沒這個必要。哪怕只要你用點心，一點點就好，不要用膚淺的眼光看我，你就看得出來。我希望能夠擁有自己的身分，不只是你的妻子，人生本來就應該如此。」

她聲音平順，沒有顫抖或上揚，她的語氣很平穩，深思熟慮，把持住情緒，講得非常明白。

所以這一切都是我的問題？我問。是因為我的行為，妳才會有這種感覺？

「比較像是你沒有做到的事情。」

我說：我在聽。我很高興妳把話說開了，但妳說的話很傷人，我不喜歡妳有這種感覺，妳之前完全沒提過。

「對，我是沒有。不過，在過去這兩年裡，從泰倫斯首度出現後，我也許話不多，但我想了很多，思考起我們來。跟你談這些是第一步，想清楚……我該想清楚的事情。」

葉兒，妳都可以跟我談啊，隨時都可以，我說。

「謝謝你。」她說。

我是認真的，我說。

她一手搭上我的手臂。

「要是不來呢？」她說。「暴風雨，雨水，我們假裝彷彿它會來一樣，無法避免，就跟以前一樣，但要是暴風雨這次不肯來，而事情就這樣一直一直下去呢？那時怎麼辦？我不確定我能一直一直這樣下去，就算我該繼續演下去，但我覺得我辦不到了。」

在我能夠回答，甚至說點什麼話前，她就站起身來，用腿將凳子頂回去，然後上樓，全程一語不發。

再次獨處，謝天謝地，我又有時間可以思考了，回到客廳，坐在我的椅子上，周圍是一片黑暗，我開始習慣每天與每晚的獨處了。

我聽著上方葉兒與泰倫斯的聲音，聽了好一陣子，他們輪流使用浴室，水龍頭的水聲、沖馬桶的聲音，走廊上的腳步聲，準備好要上床睡覺。他們交談得很頻繁，但不是我跟泰倫斯那種正式的訪談，現在他們終於上了各自的床，睡覺了。

我的肩膀好像好了一點，泰倫斯又給了我一份藥丸，我決定明天是個大日子。泰倫斯沒有向我坦承，而我決定要搞清楚他到底在隱瞞什麼，我不知道自己在尋找什麼，又怎麼可能有所發現呢？

我覺得我睡不著，還早，我不累，我非常警覺。我的雙眼適應了黑暗，我閉上眼睛，睜開，閉上，睜開。睜開，閉上，睜開，閉上。

睡不著的時候，我會想到葉兒，我經常回想起我們找到鋼琴的時候，我們一直到入住好幾天之後，才找到那臺鋼琴。前屋主把鋼琴留在地下室裡，上頭蓋了一張滿是灰塵的毯子。鋼琴狀態不佳，我不曉得這把琴怎麼會在地下室，也不懂為什麼會放在那裡。有人覺得那是垃圾，所以也沒有想要移動它。

我看到的時候興奮不已，我知道葉兒小時候在學校談過琴，我以為再次彈琴會讓她開心。這是另一個跡象，代表這棟房子我們買對了。當我告訴她我的發現時，她沒有感染我的熱情，真令人失望。

我用布蒙住她的眼睛下樓，揭開毯子後，我說：妳似乎興趣缺缺。

「很棒。」她說。「但我不想彈琴了。」

但妳現在可以彈了，我說。

「我猜是可以，這臺鋼琴的狀況不是很好，而且還長時間擺在地下室裡。」

葉兒，抱歉免費的鋼琴不是全新的，但這是妳的，妳會愛上這座鋼琴的。

我替她清理鋼琴，但我們沒辦法好好調音，她試了一下，然後就放棄了。

我告訴她，我們會習慣的，一點點走音不是世界上最可怕的事情。

「很好，你醒了。」泰倫斯說。「我想要安靜點，但沒辦法一直那麼低調。」

我說：沒事的，我也該起床了。現在幾點？

我聞到下廚的味道，香料味，還有平底鍋滋滋作響的聲音。

「快九點囉，瞌睡蟲。」他說。「你整個人睡死了，我本來要等你起床的，但……來，藥效過了。」

他將茶巾甩上肩膀，朝我伸手，掌心裡是三顆白色藥丸。

三顆？

「跟昨天一樣的藥丸，止痛的。」

我忽然想到，我不需要吃止痛藥了。

我沒有很痛，我說。

我接下藥丸，遲遲不肯吞下，思索起來，他則在一旁耐心等候。我一把吞下，嚐起來有淡淡橡膠味。

「很好，你睡了很久，我很高興，你就是需要好好睡一覺。」

我將身上的薄床單拉開，雙腿跨過椅子，這樣兩隻腳才能踩在地上。

我說：對，不知道我能睡這麼久。

「我覺得你習慣那張椅子了，不知道我辦不辦得到，有時連在舒適的床舖上，我都睡不著。」

我打起呵欠，搓揉額頭，想要清醒一點。我的頭昨晚那個位置，今早感覺有點瘦。

我說：我不記得我睡著了。

「希望你不介意。我起床後，覺得我想弄點早餐吃。」

我望向廚房，想要穩住目光，聚焦在泰倫斯身上，他站在爐子旁邊，轉頭講話。葉兒呢？我起身，走進廚房。檯面上有一盒雞蛋，蓋子開的，砧板、我的菜刀跟銀色調理盆也在檯子上，我的鑄鐵鍋也是其中一員。炒蛋？他穿了我的圍裙。

「希望我做得夠吃。」

我說：我們通常不太吃早餐，葉兒呢？

「不確定她在哪，早餐是每個人都該吃的一餐。我在想啊，你得多吃一點，保持體力，你是不是瘦了？早餐可以提供你營養，替每天加油！讓新陳代謝上工。你在旅途中每天都會規律吃早餐，每個人都會吃到營養均衡的三餐。蛋殼都拿來做什麼？」

烹調食物的味道讓人噁心，他在蛋裡加了奇怪的東西。

你加了什麼？

「隨興演出了一下，一些香料，只吃雞蛋好無聊。」

我打開抽屜，拿出一包咖啡跟濾紙。

「抱歉，我該先泡咖啡的，我早該想到。」

你要喝嗎？我問。

「我不喝咖啡，謝謝。」

泰倫斯一邊用木頭湯匙攪拌他的炒蛋，一邊吹起口哨，我將水倒進咖啡機後面水槽的時候，葉兒走了進來。

「泰倫斯做早餐喔？」她問

「樂意至極，我不喜歡跳過早餐，我很早就起來了。」

妳跑哪兒去了？我問葉兒。

「出去散散步，我起得早。」

「餓了嗎？」他問她。

「對，餓了，早安。」她一邊說，一邊在經過我身邊時，碰觸我的手臂，她走到水槽旁邊去。

咖啡？

「不用，我想等到上班時再喝就好。」她說。

真的假的？妳出門前明明都要來一杯的。

「我想少喝一點，我想稍微做點改變。」

在家喝一杯，去公司喝一杯，又不會要妳的命。

「是不會，我知道，但我不喝。」

她在冰箱旁邊撞到泰倫斯，道了聲歉，他碰觸她的背，火爐到冰箱之間其實沒有多少空間。

「煮好了。」

「我來拿盤子。」葉兒說。「聞起來好香，你加了什麼？」

「是加了一些料，希望好吃，我只是用你們廚房有的東西拼湊了一下，劇烈運動過後什麼都好吃。」

我還穿著睡覺時穿的短褲，打著赤膊。我不餓，我的胃扭了一個結，我的腦袋還沒清醒。

我喝咖啡就好，我說。

「你確定？」泰倫斯說。「早餐主要是替你做的，我真的覺得你該吃一點。」

「他都煮好了。」葉兒將三個盤子擺在餐桌上。「你該吃一下。」

我還不餓，而且我不想繼續坐著。我已經坐了整晚，我又不是五歲小孩。我的語氣很尖銳，但我不在乎。他們面面相覷，然後望向我。他在我們家越來越放肆，已經超過我能容忍的程度，我無法接受。他是陌生人，出現在我家的陌生人。

「沒問題。」泰倫斯說。「你的選擇。」

泰倫斯將鑄鐵鍋端到桌上，他將食物分成兩人份，鍋子裡只剩乾掉的殘渣，他將髒鍋子放回爐子上。

「希望味道不錯。」他說。

「看起來真美味。」葉兒說。

咖啡還沒泡好，但我中斷了過程，直接拿開玻璃瓶，抓起一個杯子。我背對餐桌，但可以聽到他們進食的聲音，餐具在盤子上發出的聲音，還有咀嚼聲。

「還真好吃呢。」葉兒說。「老天，真美味。」

「不會太辣？」

「不，一點也不辣，我喜歡。」

我轉過身，屁股靠在檯面上。

我要他遠離她。

我對泰倫斯說，十分鐘後出門？

「我在想，我可以送泰倫斯去工廠。」葉兒說。「你昨天帶他去，你今天就不用出門了。」

工廠跟妳的方向不對，妳要繞路。

「你該休息，讓你出門有什麼意義？」

我喝了一口咖啡，熱騰騰的咖啡，炎熱早晨的熱騰騰咖啡。他大可自己開車去，但我相信他會說他要把握機會跟葉兒聊聊。這時，我看到了，就在咖啡機右邊。

長角的甲蟲，就在那邊一動也不動，看著我。

「妳確定嗎？」泰倫斯說。「我不想麻煩妳。」

泰倫斯跟葉兒都沒看到這隻蟲，我很慶幸他們沒看到，他們只會想立刻打死牠。

「朱尼爾，你在家裡還有事要做，對嗎？」葉兒問。「朱尼爾？」

我說：對。我打算在家裡做點事情。

「下班後，我再去工廠接泰倫斯。」葉兒說。

那不是要待上好幾個小時？

「沒事的。」他說。

泰倫斯吃完早餐，起身要把盤子拿到水槽裡。

「多數人都沒有這個機會，他們不會欣賞你現在欣賞的一切，這意味著不要把每天的日子視為理所當然，享受這種感覺。對了，趁我還記得，我注意到蓮蓬頭有點漏水，我沖完澡後把水關掉，但還是持續漏水。不是什麼大問題，只是跟你說一聲。」

我又喝了一口咖啡。

我會去看看，我說。

「早餐真的很美味，盤子擱著。」葉兒說。「朱尼爾今天哪兒也不去，讓他收就好。」

~

我必須為了葉兒多做一點，我今天早上感受到的，她的含蓄，她驟變的心情，我做得不夠多。我必須對她展現出我在乎的樣子，我注意到了，我很關切，我需要在出門前好好取悅她。

清理早餐的殘局花不了多少時間，除了用熱水跟鋼絲刷將鑄鐵煎鍋刷乾淨之外，光刷這個就刷了十分鐘。要是泰倫斯把鍋子泡進水裡，而不是放回爐子上，事情會簡單得多。這不是世界末日，但也夠煩的了。

刷完後，我肩膀有點痛。我預計今天會很忙，好多事要做，時間不夠，在家的日子不多了。我打從骨子裡感覺得到，一種急迫感，一整天的時間都不夠，永遠不夠，但現在感覺時間更少了。悲傷，但也令人期待，真意外。

雖然受傷了，但受傷的只是肩膀，我今天必須很有生產力。我不希望在我出門後，葉兒還有一堆事要擔心。待辦事項沒有盡頭，如果是之前，我會只想擱置這些問題，該從哪裡開始好呢？但現在我知道我要出門了，我覺得自己必須有所成就，此刻，就是今天。我有責任，我有義務，我有活兒要幹。沒有這些雜事，生活會是什麼模樣？輕鬆一點，但也少了令人滿意的層面。我們需要投入，需要挑戰。我們需要產值與生產。

某些任務真的很明顯，誰都看得到：階梯扶手的柱子需要油漆啦，客廳牆上的老舊壁紙脫落啦，天花板上有幾處黃色、咖啡色的污漬，沙發跟椅子下面的地毯起了毛邊，有點破爛。這都不是什麼複雜的大事情，數量不少，但都是小東西而已。

聽說蓮蓬頭在滴水，跟泰倫斯說的一樣，可以用積極的目光看待事件，這是理解與排定先後次序的機會。

多數人都沒有這個機會。他們不會欣賞你現在欣賞的一切，這意味著不要把每天的日子視為理所當然。享受這種感覺。他是這樣說的。

我有種感覺，泰倫斯認為我家屋況很差，他這是暗地裡批判我們，批判我。他沒有直接挑明，他提出什麼意見，而是他注意到掉漆、窗戶裂縫時的眼神。

我不會因為泰倫斯不贊成，就不作某些決定。

真不曉得他家看起來如何，一點頭緒也沒有。我相信如果我住在那裡，我肯定可以找到一切不完美的地方，什麼地毯下的灰塵之類的。

我會照我的意思來做，修繕我覺得重要的地方，我已經有計畫了，一切都在掌控之中。

我知道這裡的東西都很有歷史了，這是我家，這些是我的東西，至少我覺得是我的。最近我開始思索這件事，某些物品，好比說家具、廚房裡的碗盤，感覺起來都滿陌生的。我每天用這些碗盤吃飯，但它們卻沒有訴說起自己的故事，不像某些物品會說故事，但我知道它們的確是我們的東西。不過，我還是對這些物品產生特別的羈絆，我猜這又是另一種因為眼前壓力而不經意產生的症狀。

鍋子終於刷乾淨，我把餐具統統放在架上瀝乾，我關掉水龍頭，少了流動的水聲，屋子裡靜悄悄的。

我上樓前往我們的臥室，坐在我們的床上，葉兒沒有折被子，整個床鋪亂七八糟。我想念晚上在這裡睡覺的感覺，我想念跟妻子一起躺在床上。我前往走廊上的浴室，我站在鏡子前面，調整自己的姿勢，挺直肩膀。我轉到側面，然後又轉回正面。我張開大嘴，吶喊起來，再次吶喊，喊得越大聲越好。

我舉起右臂，彎曲起來，我很壯，但身材還有進步的空間，這麼多年來，我完全不在意這種事。要變得更強壯也花不了多少時間，我需要稍微改變我的例行公事，也許加上一點適合我肩膀的運動。此刻的我不能做伏地挺身或引體向上，但我大概可以做點仰臥起坐或深蹲。沒道理不能做這些運動，我內在想要有些改變，讓自己變得更好。

我伸手到腦後，碰觸泰倫斯替我裝的那個感應器。感覺它變大了，彷彿那東西會長大一樣，但那不可能，我很清楚。我在想感應器有沒有捕捉到我改善的健康狀況。感覺它比剛裝上去的時候還要燙，好像會發光一樣。

我做了一次深蹲，又一次，我繼續下去，十五、十六、十七，直到我的腿開始有灼熱感。我很滿意我可以深蹲，肩膀也不痛，最後兩下讓我的軀幹顫抖起來，但我還是做完了。我休息了幾分鐘，又做了二十下，又做了十五下，我渾身是汗，氣喘吁吁，這樣的結果，我很滿意。

我回到廚房，那隻甲蟲完全沒有移動，牠就只是坐在水槽上。我知道，因為我先前才看過牠。我的心臟因為剛剛的運動，在胸腔裡大力跳動著，我喜歡這種猛力跳動的感覺，心臟自己在運作、運作、運作。

何謂常態？我想你去問五十個人，你會得到五十種答案。其中肯定會有一些一致的元素，但正常是誰說了算？標準線會落在哪裡？我因為現在一個人在家，有點時間可以思考這種形而上的難題。我有時間、空間，以及重獲新生的健強心靈。

我一直有這種感覺，打從心底覺得自己很平庸，記憶最遠可以追溯到我一開始邂逅葉兒的時候，那天在路邊的情景。不過我感覺到了改變，畢竟此時此刻，我人就在這裡。我有各種經驗，感覺得到慾望，能夠作出決定，建立關係，打造出新的回憶。我很清楚這些感受都同時存在，這些怎麼能算普通、典型的經驗？

我一直覺得自己很平凡，但看來這只是我的幻想罷了，平凡是不可能的。相信每個人都很獨特，我也有自己的特質，這麼想比較實際，而且天底下永遠也不可能會有另一個我。

我是一個個體，前所未有，難以想像，我是不可能複製的。我，此時此刻，站在我家，考慮起我不確定的未來，思索起自己的經驗。

但葉兒呢？在我遇見她之前，我又是誰？

「朱尼爾？」

「嘿，朱尼爾？」

「朱尼爾？你在幹嘛？」

我轉過身，葉兒跟泰倫斯下班回來了，這麼快？他們站在廚房看著我。他們什麼時候到家的？我沒聽到車聲或開門的聲音。

我說：嘿，你們剛回來？

「你在幹嘛？」

「你就站在那裡。」泰倫斯說。「看著流理臺，你沒事吧？」

沒事，我說。

也許比我想像中還要晚，我肯定沒注意到時間，當你的思考、運作、理解模式都更上一層樓的時候，這種事就會發生。我今天過得很有效率，改善了很多狀況，這是一種很美妙的感覺，我很滿意我在一個下午裡能夠完成這麼多事情。

「我手臂要著火了。」他說。「朱尼爾，你真的沒開玩笑，飼料工廠真的是體力活。」

他重新將馬尾綁緊。

你不是真的在那裡工作吧？你……做我的工作？

「他們大概需要幫手。」葉兒說。「你知道人手短缺的時候是怎麼回事。」

「對。」泰倫斯說。「因為你受傷請假，他們沒有找人補上時數，我剛好在附近閒逛，他們說我可以幫忙，我就稍微支援了一下。」

我不覺得他這個體格能夠勝任我的工作，他做不到，撐不久的。

他們到底要你做什麼？我問。

「我要拉著那些白色的袋子，讓他們把種子跟穀物填進去。」

我哼了一聲。

葉兒將我洗好的碗盤收了起來，然後忽然停下動作，她什麼話都沒說就離開了，我聽到她上樓的聲音。

所以你做了我的工作，裝袋，我說。

「他們還問我明天可不可以繼續替你代班。」

是嗎？我說。

我感覺到自己臉紅了。

葉兒從樓上叫我，問我可不可以上去幫她幹嘛之類的。

等我一下，我對泰倫斯說。

上樓的速度比平常慢，不是因為我的肩膀，而是因為我的腿。我的腿還因為今早的運動而疲憊，我必須用沒有受傷的那隻手握著扶手，小心翼翼，一次踩一階上樓，我到臥房時，已經氣喘吁吁。葉兒站在窗邊往外看，她聽見我的聲音，轉了過來。

妳沒事吧？我問。

「沒事，我只是想確保你沒事，我擔心剛剛有點尷尬，就你們兩人再次獨處，今天他在這讓我覺得很不舒服。」

沒事的，我說。

「我不確定是不是這樣。」

什麼意思？

「他隨時會上來打斷我們。」

要說什麼就快說。

「他剛剛又問你什麼？」

他在跟我講今天的事，不知為何，他們讓他在工廠幫忙打包。

「但他大概有事瞞著你。」

什麼意思？

「我今早不能跟你多說，但我帶他去工廠，讓他跟我談談，我很擔心你。」

她從窗邊走開，壓低了聲音。「我對這裡發生的一切很過意不去，我有很多話不能說，我不該說。他也許正在竊聽我們的談話，但這對你來說很不公平。」

我感覺挺不錯的，我說。

「你不明白，你沒聽到我剛剛的話嗎？你不用坐在那裡一直跟他講話，這樣不對，這一切不該這樣的。」

是我的關係嗎？我對他言聽計從？

我說：這不就是他在這的原因嗎？為了妳跟我，蒐集資訊？事實上，我覺得精力充沛，我覺得身體強而有力，我覺得……

我靠向前，一手搭在她的腰上，她轉過身，再次面對窗口。

我不知道妳希望我怎麼樣，我不能醒了還躺在床上，想休息就休息，我不能跟妳一樣那麼輕鬆。我有責任，我是要出遠門的人，在我啟程前，我還有很多事要做。

「算了。」她說。「真不知道我叫你上來幹嘛，別放在心上。」

如果就這樣，那我要下樓了。

「行，去，快走，順便把門帶上。」

回到廚房，我又覺得煩躁不解。

她有什麼毛病？她到底在說什麼？我不喜歡葉兒這樣，她生氣就生氣，話還不講清楚。不管出什麼問題，她總希望我能問出來，結果只讓一切變得更糟、更棘手。這樣真的很難搞，幼稚，她需要長大。這種心態到底從哪兒冒出來的？就跟壞習慣一樣，長年累月培養出來的。

泰倫斯坐在餐桌旁，他將一張餐巾紙撕成細細一條一條的，我坐下時，他把餐巾紙推去一旁。看得出來他剛剛偷聽了我們在樓上的爭執，他想要掩飾，彷彿只是在螢幕上忙什麼東西，但我看得出來。

「沒事吧？」他問。

沒事，我說。

「你確定？」

對，所以你剛剛在講什麼？我離開的時候你在講什麼工廠的事？

「我本來是要問你，你在那邊但沒在工作的時候，你在幹嘛。」

我在工廠一直在工作，我在那裡就是要工作。

「我的意思是不用工作的時候，好比說休息或午餐時間，你會去用餐區吃飯嗎？」

我說：不會，完全不會，我大部分時間都自己一個人。

「為什麼這樣？」泰倫斯問。

這樣比閒聊輕鬆。

「那用餐呢？你也自己吃？」

對，通常都自己吃。

「為什麼呢？有什麼特別原因嗎？」

人可以很噁心，我說。

他拿起螢幕，打開了什麼，大概是錄音機吧。

「怎麼說？」他問。

我習慣在用餐區觀察別人，看著他們咬下大口大口的三明治，麵包跟內餡會嚼成某種噁心的糊狀物，沒吞下去的食物最終都會卡在泛黃的牙齒跟發炎的牙齦上。抱歉，但這是真的，不只是吃東西，有次休息時，我看到一個同事張著嘴巴就睡著了，看到我都覺得噁心。多數時間，我們對這種狀況都視而不見，有一天，我開始思考為什麼會這樣的時候，我看著一個傢伙飯後用餐巾擦嘴，之後又用同一張餐巾擤鼻涕，隨手揉成一團就扔在餐盤上，那團紙巾開始慢慢鬆開，彷彿是很想讓人看到裡面的東西一樣，這時我才發覺，我們每一個人共有的裂痕就是我們與生俱來的粗野。想想耳屎、指甲、濃汁，我看過有人朝地上吐痰後就走開，我們是在無意識的狀況下做這種事。

我喘了口氣，看到泰倫斯專注望著我，他說：「你以前都沒提過這種事，至少沒跟我說過。」

我說：我又不是沒事就坐在那裡思索這種事情，我只是……注意到了，特別是在工作的時候，到處都這樣。

泰倫斯開始在螢幕上輸入。

我說：我累了，我想我要準備弄弄睡覺了。

他在訪問她，葉兒跟泰倫斯不曉得在聊什麼，他沒有跟訪問我的時候一樣，帶她去閣樓。他們在廚房進行，我在客廳，相較於我跟他的訪問，他們的訪問聽起來輕鬆也平常得多。

我以為我能夠早早入睡，現在卻睡不著了。我從椅子上起身，朝他們的聲音走去，我站在廚房外頭的走廊上，聽他們講話。他們壓低了聲音，因為曉得我在同一層樓，還告訴他們我想睡覺。

我很想看看葉兒跟泰倫斯交談的場景，看看他們的位置配置，他們在餐桌旁，但我一進廚房，他們就會停止交談。他們想要獨處，泰倫斯一直想跟葉兒獨處。

「但我們真的有我們以為的自由嗎？」她問。

「我會說有。」泰倫斯回覆。

「想想各種力量與壓力扮演的角色，它們會形塑我們的行為，我們的反應，我們打扮的方式，我們思考的方式。要不受那些影響實在太難了，根本不可能。」

「但我們知道自己在做什麼。」他說。「我們可以接受或拒絕這些力量。」

我感覺到眼球抽動起來，我用手輕輕壓上去。

「你知道我這輩子其他人都怎麼說嗎？他們說，我來自這裡，我只了解這種生活，我喜歡這種生活，能夠擁有眼前的一切，我有多幸運。而他動不動就說我會討厭城市，我會覺得不舒服，我會很害怕。真的嗎？還是那只是其他人一直灌輸給我的感覺？」

泰倫斯發出明白的聲音，有點像是要她繼續講下去的「嗯」一聲。

「我有一個幻想。」葉兒繼續。「這個幻想就是替我自己找到答案，覺得我受夠了，我再也忍受不了了。我要的是別的東西，屬於我的東西，你知道，那時我就會決定離開了。」

離開？她是什麼意思？她不是要出門的人啊？我才是，葉兒無處可去。我的手依舊壓在抽動的眼睛上，我仔細聆聽。

「那樣需要付出什麼代價？」他問。

「讓我離開？」

「對。」

「代價就是找到勇氣進行激烈、造成永久改變的行為。我幻想的狀況是，與其試圖解釋，列出我的理由，說明且澄清，我反而會採取相反的作為。」

「解釋的相反是什麼？」泰倫斯問。

「我直接就走了，什麼也不說，不替自己辯解更有力量。為什麼解釋的重擔必須落在我身上？他才該想清楚到底出了什麼事。不過，我會留下一張字條，上頭寫著他的名字，但裡頭只是白紙一張，什麼也不寫。這張紙同時說了一切，卻也什麼都沒有說，還有什麼方式能夠表現更明白？」

泰倫斯說了什麼，我聽不清楚，我繞到角落去，泰倫斯看到我的時候嚇了一跳。他停下正在講的話，望了過來，葉兒穿了她的黑色坦克背心，坐在她平常在廚房餐桌的位子上。泰倫斯坐在她身邊，也就是我的位子上，他又穿了我的圍裙。

「朱尼爾。」他說。「我以為你睡了。」

沒有，我還不累，我說。

「餓了嗎？我弄了點吃的。」

泰倫斯起身。我在想，泰倫斯這輩子遇過最糟的事情是什麼？他最懊悔的是什麼？他這輩子覺得最丟臉的時刻為何？最大的痛苦是什麼？

他朝我走來，注視著我的雙眼。

「你臉看起來有點發紅。」他說。

他用雙手碰觸我的脖子，扁桃腺的位置，他手伸過來，我就退縮了，沒料到他會這麼近距離接觸我。他從後方口袋拿出某個裝置，交給我。

「抱歉，只是想量一下體溫，一下就好。」

他在我能夠抗議之前，就把裝置塞進我的耳朵裡。

他拿出來，看了看。

「很好，沒什麼需要擔心的，你確定你沒事？」

對，沒這麼好過。

「太好了。」

他一手壓在我的胸膛，緊貼在我的皮膚上，他維持了這個姿勢好一會兒。

「你的心臟感覺也沒問題。」他說。「很有力量。」

他以前沒這樣碰觸我過，我有點嚇到。

「可以麻煩你吃點東西嗎？我有點擔心你掉體重。」

我說：先不吃了，也許晚點吧，夜裡起來再吃，我現在夜裡都會醒來。

「我明天來弄點好吃的，葉兒，等妳值完班，我們可以去採購一點生活雜貨，我大概明天也會在差不多的時間結束。」

「當然，好啊。」她說，但她沒有看著我。

葉兒討厭採買生活用品。

你該不會明天還要去工廠吧？

「我會去。」他說。「然後我跟葉兒會去買東西。」

真不敢相信我之前都沒注意到，直到這一刻，這個念頭才甩了我一巴掌。我明白他想做什麼了，我明白這是怎麼回事了。我想過一個理論，但此刻我才確定，他為什麼偏要住在我們家，觀察我們，問這麼多問題。相較於他的話語，此刻一切都說得通了。他全程一直在騙我們，騙我。

是他，是泰倫斯，就是他。他就是要在我出遠門時，跟我太太一起生活的人，他就是在圖這個。

是他，泰倫斯就是我的替代品。

泰倫斯上樓回房了，我跟葉兒單獨待在廚房。我得把握此刻跟她說清楚這到底是怎麼回事，但我得謹慎一點，我不希望讓她擔心或焦慮。

所以你們剛剛聊得開心嗎？有意思嗎？你們有什麼連結嗎？

「我累了。」她說。

妳覺得他為什麼這麼堅持一定要帶妳去買東西？我問。跟妳一起開車出門上班？一直待在妳身邊？

她緩緩搖頭，她真的很累，我注意到她下垂的肩膀。「他要做哪些事，我怎麼會懂他的原因？拜託，別逼問我這些。」

他一直想幫忙，感覺不是很奇怪嗎？他又不是我們的客人。

「他是啊。」

是妳要我更注意、更果斷，不要對他言聽計從的，我們又沒邀請他來，我們根本不認識他。

「我猜他只是想做件好事。」

妳覺得他只是想做件好事？妳自己都不信這種鬼話。從妳講話的語氣我就聽得出來。

「他也許是有點炫耀，想要引人矚目。」

炫耀？因為他可以帶妳去買東西？

葉兒揉起眼睛，她真的很累。「聽著，你覺得這是怎麼回事？」

我不敢直接說出口，我還沒準備好要告訴她泰倫斯的事，以及他來我們家的真正原因。

我只是覺得，花很多時間跟人家的老婆相處，帶她去購物中心很奇怪。妳會去嗎？

「我已經跟他說要去了。朱尼爾，你這是在大驚小怪。」

妳覺得這一切，他有說實話嗎？我問。

她一手梳過頭髮。「有吧，他能說的他都說了。」

所以妳同意他也許還有事瞞著我們？他沒跟我們說的事？

「希望你可以不要這麼擔心他，你實在太激動了。」

我才沒有激動，我只是開始明白了，我說。

「手臂這樣抬起來。」泰倫斯高舉雙手示範。我留葉兒一人在廚房，泰倫斯叫我上樓，我又回到悶熱的閣樓。我想質疑他的命令，想拒絕他，想抵抗他，但我又可悲地乖乖配合他所說的一切。

「還有兩個小小的感應器要裝在你身上。」

為什麼？

「蒐集更多——」

對啦，對啦，更多資料啦，我說，是為了替代品蒐集的？

「都是為了葉兒，朱尼爾，記住這點。我們希望替代品跟本尊一模一樣，來，這裡。」他一邊說，一邊在我的左腋下裝上感應器。「還有，對，另一個裝這裡。」

他將另一個感應器壓在我的右邊腋窩，這次有點痛，我閃了開來。哎呦，我說。

「噢，抱歉，已經好了，沒事了。」他說。「請坐，你覺得自在、放鬆、舒適嗎？」

已經很晚了，我們沒有在這麼晚的時候進行過訪談。

我什麼也看不清楚，感覺很不安，我說。

「如果你要，你可以閉上眼睛。」

泰倫斯走到我身後，我聽見他坐進椅子裡的聲音。

「這樣比較好，你聚焦在前方就好，感覺如何？」

我說：很好，腦袋很清楚，感覺強壯，很有生產力。我有了目標，我現在了解一些事情了。

他在螢幕上輸入起來。

我說：我一直在想，我不知道那一切怎麼說得通，但我最近覺得自己很不一樣，覺得自己很特別。

「有意思，我猜你是在說你之前覺得自己很平凡。就你看來，造成這種改變的是什麼？」

我說：我，就是我。

我心想：也是因為你，但我沒說出口，還沒。

我更留意起自己了，因為眼前的狀況。現在我知道我要出門了，我可以用不同的眼光看事情，我留意到先前沒有注意過的小事。

「好比說？」

好比說照在我們老穀倉屋頂的陽光，我今早看到，然後就站在那裡欣賞，我發現光線會移動，很美，真的很美。我以往不會去想某個景色好不好看，但我無法控制這種感覺，我注意到，發覺那樣很美，但你知道嗎？我也覺得哀傷。

「哀傷？」我聽到他在打字的聲音，他想低調一點，但我還是聽到了。「怎麼說？」

不知道，不曉得。

「也許是因為美景轉瞬即逝？」

我說：不，恰恰相反，美景不會轉瞬即逝，美是永恆的，但……我不是，我才會轉瞬即逝。這才是重點。

他打字打到一半忽然停下來。

「太深刻了，你的確比我第一次來的時候更有自我意識，而且也更會反思了。我因此想到波特萊爾——『若沒有憂鬱，我幾乎無法感知任何形式的美。』」

這時我決定開口，接近我所以為的真相。

我說：我是無可替代的，完全不可能。無論那個東西看起來多像我、聽起來多像我，無論那是什麼，那都不是我。

「朱尼爾，有自信是好事，這樣很健康，我們非常鼓勵。不過，就算這樣也不會影響我們的計畫。」

這不是自信或信念，這是一種覺醒，新的警醒，一種了解。我跟其他人不一樣，我一直以為我跟別人沒兩樣，但並非如此，你們不可能取代我，我原本不明白這點，直到——

「事實上，朱尼爾，抱歉打斷你，但我原本期待今晚聊天的焦點是你跟亨麗葉塔。你們做為夫妻，相處得如何？希望我講這話不會冒昧，但我注意到你們之間好像有點緊張？」

我在位子上坐直身子。

我們之間？

「對，我只是好奇而已。發生了這麼多事，你們還有經常溝通嗎？當然可能是我誤會了，但你們之間的氣氛怎麼樣？你們這幾天似乎沒有多少時間交談或相處？」

我說：你錯了，氣氛很好，沒問題，我們很好。確保我們沒事，這是我的責任，我一個人的責任。

就我知道很好。

「這樣很好，我不介意誤會了，她睡得好嗎？」

我不喜歡這個話題，我不喜歡他談到葉兒。

「很好，只是，你們什麼都會分享嗎？你都清楚她的狀況，她的感受？」

問這幹嘛？

泰倫斯又開始輸入，我聽到他在螢幕上發出的聲音。

你為什麼要問這個？

「我好奇你們的關係，以及你們是怎麼互動、溝通的，一段關係仰賴開放、誠懇的溝通，我希望你仔細跟我聊聊葉兒。」

我忍不住，心跳又加速了起來。

我想問他這是在幹嘛，要求他告訴我，要他離開我家，告訴他，他沒有權利待在這裡。

「她會告訴你，她喜歡怎樣的口味嗎？」

誰？

「朱尼爾，你太太。」

你是說，吃的？

「不是，不是吃的。」他大笑起來。「你知道，在床上的偏好？她會告訴你，還是你以為她喜歡怎樣，就直接來？」

我抹了抹頭部與脖子上的汗水？

你說什麼？

「朱尼爾，別不高興，我只是好奇。」

這是私事，你無權過問，這是我跟葉兒之間的事，你為什麼以為你能問這種問題？你為什麼以為你——

「好啦，好啦，放輕鬆。」他唐突地說。「有東西要裝在你手腕上，沒受傷的那隻手。」

什麼？什麼東西？

「這個可以監測水量，你不能缺水，手伸出來，像這樣。」

他用自己的手臂示範，伸得跟地板平行。

「來吧，快點。」他說。

他拿出一個金屬扣環，套在我手腕上，很緊，一側上有小小的圓圈，可以掛東西上去。

「這不就好了？」他說。「你可以走了。」

我看著扣環，閃著光澤，新的，沒用過。金屬感覺冰冰涼涼的，出於我無法解釋的原因，感覺挺舒服的。

我急需洗澡，我渾身油膩，感覺髒髒的。我沒有這麼憤怒、不被人尊重過。自從泰倫斯出現在我們生活後，這種感覺就不斷擴張，在葉兒建議我不用配合那男人所說的一切行事後，這種感覺更是揮之不去。我為什麼讓他控制我？我還住在家裡，我還沒有出發。我早該看清這點，現在我看清了，葉兒一直想告訴我什麼，我很清楚。我知道她想跟我解釋很多事情，但她不肯說，或是不能說。我每天、每個小時、每一分鐘都越來越明白。

朱尼爾，都是為了葉兒。記住這點，我們希望替代品跟本尊一模一樣。他是這麼說的。

我汗流浹背，我站在浴室裡，想要釐清思緒，搞清楚到底是怎麼回事，我能怎麼辦，我能採取哪些行動。我不確定我們該跟泰倫斯繼續住在同一個屋簷下，他是威脅，他是我們的敵人。

不過，要是我們離開，那又怎樣？他會跟蹤我們嗎？大概會吧。就跟我那天跑去田間，發現著火的穀倉一樣，他們那時也跟蹤我。他會找到我們，他們會找到我們，遠方無垠，誰曉得他們是什麼。不，我們不能離開，那樣只會讓事態惡化。

她會告訴你，她喜歡怎樣的口味嗎？他問。

我得思考，或者，我不該繼續思考，我不確定哪個選項比較好。我想要遺忘那場訪談，遺忘泰倫斯，睡個覺，明天一早重新評估。我打開蓮蓬頭的熱水，然後脫下身上的衣服。

我沒有立刻踩進水花之中，我赤裸站在鏡子前，我將沒受傷的那隻手高舉過頭，彎曲我的二頭肌。我保持這個緊繃的姿勢，腹肌盡量用力，我轉去一旁，檢視起我的腹斜肌。

你可以走了，他剛剛是這麼說的。

我抹去鏡子上的霧氣，我的臉距離鏡子不過幾公分，我用鼻孔噴氣，把眼睛張得好大。我跟其他人一樣，只是一個噁心、充滿缺陷的生物，殘破也不完美。我當然是囉，我怎麼可能覺得自己與眾不同？

我繼續睜大眼睛，直到眼睛開始痛，我繼續撐著，直到開始流淚。

泰倫斯想知道的事情太多了，他想知道我的一切，他才不會知道我的一切。我對葉兒很好，要是我們沒有邂逅，她的人生會是什麼樣子？如果我要，我可以擁有其他人，我不在乎我們會不會吵架。這是她的人生，這裡是她的家，跟我一起的家。顯然，她已經選擇了這種人生，她選擇了我，這意味著她很快樂，事情本該如此。

鏡子又起霧了，我用食指在水氣上畫出了一隻甲蟲。我畫得很慢，手指在濕濕的表面上發出刺耳的聲響。我知道當泰倫斯送我去參加建設計畫之後，他有什麼打算，他想要霸占我的生活，他想要從客房，沿著走廊，搬進我的臥室。他想了解我，這樣才能成為我，不過這種事絕對不會發生，他永遠也不會是我。

我踩進蓮蓬頭之下，仰頭面對水花。

就算水開著，我還是能聽到泰倫斯房裡的交談聲，他的房間就在浴室旁邊。是葉兒，她跟他一起在他房裡，我聽不出他們在講什麼，我貼到瓷磚牆面上，但也沒有聽得比較清楚。他們在說什麼？我把水開熱，直到水變得非常燙。談我，我很確定他們在談我，他們就是這麼迷戀我。

我受不了熱水了，關掉水龍頭，走出來站在踏墊上想擦乾身子，但想到要擦拭我受傷的肩膀時，我就得特別小心。我受傷的肩膀，我為什麼不能跟葉兒一起睡在床上的原因，我必須獨自坐在樓下椅子上睡覺的原因，也就是為什麼泰倫斯能夠輕易介入、跟葉兒越來越接近的原因。

我在鏡子前轉過身去，這樣才可以查看我的肩膀。不曉得為什麼，但自從事故發生後，我就沒有想過要查看我的肩膀。為什麼我從沒想過要看？有包紮，是事故之後就包紮的敷料。沒換過。

我扯著固定敷料的膠帶，緩緩拉起來。慢慢來，扯掉四邊的膠帶，讓繃帶掉到地上。我用手碰觸底下的皮膚，非常光滑，肩上連一道傷疤都沒有，完全看不出受過傷。我的皮膚光滑無瑕，沒有縫線，沒有痕跡。

是泰倫斯說的，我知道他說過，事故那天之後，我醒來，他說醫生進行了「小手術」。就算是最輕微的小手術會這樣什麼疤都不留？如果根本沒有傷口，那包紮又是為了什麼？

傳來一陣敲門聲，我踩著地上的繃帶。

誰？我問。

「是我。」葉兒說。

她將門打開了一點。「你快好了嗎？你在裡面也待太久了。」

我說：我在沖澡。妳要睡了嗎？

「對。」她說。「睡覺前來跟我道晚安。」

我說：當然，沒問題。

我在她出去後關上門，然後回到鏡子前，站在那裡好一陣子，看著我的肩膀、後背、脖子、雙手，他裝在手上蒐集數據的感應器還在。

不曉得我在這裡站了多久，直到我看夠為止，直到我身上的水都乾了。浴巾還好端端地掛在門後鉤子上。

我打開葉兒臥室、我們臥室的門時，她已經上床了。她站起身來，什麼也沒說，她將房門關上，然後牽著我的手往床鋪前進。她脫了我的襯衫，讓衣服掉在地上，她拉下我的短褲，讓我躺上床。她脫下上衣跟短褲，褪下內褲，掉在腳踝，然後踏出來。

她也來到床上，她騎在我身上，她用手放在大腿之間，引領我進入她。她靠過來，抓住我的手腕，指引我的雙手，抱著她的臀部。我想碰觸她的臉，但她把我的手拉回原位，她靠向前，頭靠在床鋪上，也就是我的右側。她用手掌壓著床鋪上方的牆壁，她呻吟起來，我也是。

我們保持這個姿勢，直到她結束，氣喘吁吁，滾去一旁，我們沒有接吻。她仰望天花板。

幾分鐘後，她開口：「為什麼人會在一起？」

長期關係？我問。

「婚姻關係。」她說。

我說：因為他們相愛，他們對彼此有承諾，他們仰賴彼此，其中還有慰藉跟保障。

「不，他們待在一起只是因為別人期待如此，因為他們只知道這個選項。他們是在想辦法接受這一切，忍受這段關係，最後活在某種心靈的麻醉劑之中，他們繼續在一起，但他們已經麻痺。我越想，越覺得這是無比可怕的生活方式，一直不帶感情地相處下去，太不道德了。」

我沒有麻痺，我心想，我沒有不帶感情。

我說：維持婚姻不簡單，跟另一個人一起生活好多年需要努力跟苦工，妳不可能因為辛苦就放棄。

她翻轉過身來。

「我知道你覺得你說的話很有道理，理論上來說是這樣沒錯，但我不是在說辛苦就放棄。我說的是當關係已經變質，勉強存在的感覺。」

關係已經變質，我在內心複誦起來。

我說：我希望妳不是在指我們的關係變質了，我真的希望不是這樣。看看我們剛剛的行為，妳很享受，不是嗎？

她碰觸我的手臂。

「你不用擔心這個，剛剛還可以，目的達到了。」

葉兒，這幾天我對妳的感覺都很真實、很新鮮，也很神奇，我說不清楚。

她把手放在我肚子上。

「試試看。」她說。「那是什麼樣的感覺？」

葉兒，很多感覺，很複雜，物體、東西、人。想著那片油菜花田，那些花朵，以及在裡頭生長的所有生命；工廠裡的穀糧；城市，還有那邊的一切，商店、公寓、車輛；那些人的螢幕。幾乎一個人能想到的任何物品，每一樣都太多了，不過，卻只有一個妳，這是最神奇的。

她沒有說話，卻湊到我身旁來，用手攬著我的腰。她靠過來，親吻我袒露的胸膛，她保持這個姿勢，靠在我身上。我閉上雙眼，希望我出門後，還能記得這一刻。

「我昨晚做了惡夢。」幾分鐘後，她說：「感覺好真實，這個夢特別可怕，我從一開始就很害怕。我知道這只是一個夢，那是清晰夢境，我可以為所欲為，我理當可以控制夢境。不過，狀況並沒有好轉。我在一個大房間裡，我看到牆壁，我注意到那裡很大，但我也知道那個空間會一直延伸下去，沒有盡頭，但我哪裡也去不了。」

聽起來很恐怖，我說。

「我要你明白這點，最可怕的莫過於，我不是一個人。這是最可怕的，我不是單獨一個人。」

~

葉兒跟泰倫斯都上床睡覺了，我也該睡了。不曉得現在幾點，但很晚了，大半夜的，我卻不累。我們家靜悄悄，卻不是一點聲音也沒有。徹夜坐在這裡我所學到的是，就算是這種時刻，只要你仔細聽，家裡也不是全然悄聲無息的。

坐在黑暗之中，此刻我看得更清楚了，因為我的頭腦清楚了。我覺得自己越來越活出真正的自我，隨著每個小時過去，我更明白我是什麼樣的人，而我先前忽略了什麼。

葉兒對於婚姻的看法讓我的思緒轉動了起來，她說明了她的感受，她的擔憂，但我內心明白葉兒跟我是一個團隊。雖然她講那種話，但我們要有彼此才會比較好，婚姻就是如此。她提起時，我該明確告訴她這點，我們有不同的角色，不同的能耐，但我們仰賴著彼此。因為知道她在，我才能做我要做的事情，我們需要彼此。

我是一艘乘風破浪的船，她是船錨，葉兒是我的船錨，讓我穩定下來的力量。

我把躺椅往後推，讓其轉向牆壁，我喜歡這樣，要是有人現在走進客廳，他們不會立刻看到我的臉，不會知道我在笑還是蹙眉，更不會知道我是開眼還是閉眼。他們必須繞過來，走到客廳的角落才看得見我，我是指泰倫斯，泰倫斯不會立刻看到我的表情。

要是一艘船沒有錨怎麼辦？它會漂走，遠離航道，最後會迷失在茫茫大海之中。我們在床上的時候，我也該講這件事，這樣她才會好過一點，我很確定，我該提醒她我們之間的羈絆。

我的理論已經不僅僅是一則理論了，理論具有不確定性，但我相信這一定是真的。我現在明白了，而我打算證明這點，泰倫斯不是我們的朋友，從頭到尾都不是。

我該告訴葉兒嗎？我在想她知不知道，我越確定他是威脅，就越不想告訴她。這個消息會嚇到她，惹她難過，我最不想這樣，她會睡不著，她會擔心。

為了她好，我不會告訴她，她不知道的事就不會傷害她。

泰倫斯想要得到我所擁有的一切，所以他才待在二樓，我卻睡在這裡；所以他才替我們煮飯、採買我們的食材；所以他才去做我的工作；所以他才研究我的一舉一動。他想得到我的妻子，他想搶走我的生活。

不能讓他得逞，絕對不行。

一艘船沒有錨，那還算什麼？

～

「朱尼爾，起來了，朱尼爾。時間到了，快點，起床了，快醒來。」

我睜開雙眼，已經早上了，很早，天都還沒亮。

泰倫斯站在我面前，他沒有微笑。我沒有穿上衣，我胸口上有一個真空吸引杯，這是什麼？為什麼在我身上？

「朱尼爾？聽得到嗎？你在幹嘛？快點，咱們要出發了。」

他看起來不一樣，為什麼？他沒穿西裝，這就是原因。他穿了短褲跟短袖上衣，等等，那是我的衣服，他穿的是我的衣服跟我的短褲。

你在幹嘛？我問。

他拍拍手。「朱尼爾，早上快過完了。你得起床了，你的最後幾天不能這樣睡掉。」

你為什麼穿我的衣服？

「什麼？這個？天氣熱啊，我沒辦法穿我自己的衣服，葉兒建議我借你的衣服來穿，她說你不會介意，她說如果你醒著，你就會自己借我穿。好了，快點起來，我們要出門了。」

他靠過來，他用手拉著我的手臂，想要讓我坐起身來，我腿好軟，花了一點時間才穩住。

「你說你在家很忙，我也要出門了。」他一邊出門一邊轉頭對我說。「你的早餐在爐上的鍋子裡，要記得吃，還要吃藥。」

我說：葉兒。

我想起昨晚，我想起我該做什麼，我該聚焦何處。

她在哪？我問。

「她已經在車上了，我要閃了。」他前往門口，立刻出門，我則站在原地看著他出門。

我走向窗口望出去，他坐在葉兒旁邊，一分鐘後，我看著他們拋下我出門去了。

2

我不是會搞破壞的人，但我不得不這麼做，事情已經超出我的掌控，我必須這麼做才能重拾我的權威。為了葉兒，我必須這麼做。

他要我吃飯，我偏不吃；他要我吃藥，我也不吃；他期待我對他言聽計從，我偏偏不配合。我不會再照他的意思行動。

我花了點時間才想通，但我明白我必須改變權力的平衡，我必須在他們回家前準備好。我花了點時間檢視一番，確認角度，然後我選了一個點。一切都非常合理，相較其他地方，我會在這裡得到更多的資訊。是這麼回事，讓我們的關係顛倒過來，換我觀察，換我學習，要營造出公平競爭的環境。我為什麼不能觀察，就跟他觀察我一樣？這是我家，這是我的生活。

沒有第二次機會，我不能搞砸，測量兩次，一次開孔搞定，重點不只在於我能看見什麼，不能引人注意也是另一個重點。我離開浴室，前往泰倫斯的房間，我看著牆壁，找到我要開孔的位置。

我測量、做好記號，然後回到浴室，這是牆的另一邊。完美的位置在兩道裂縫之間，完全不可能察覺，除非仔細看，但他不可能仔細看。

我帶著電鑽到浴室去，我很緊張，要開始的時候也焦慮了起來，我現在就動手。我打開水龍頭，免得有人回家，好奇我在這裡做什麼。聽起來我彷彿是在洗臉、刮鬍子或沖澡，都是在浴室會從事的正常行為。

我將電鑽拿到我要鑽孔的牆面上，就在馬桶後面上方，就是這裡。水花的蒸氣瀰漫著整間浴室，我拿了三個鑽頭上來，先用最小的試試看，有必要，我再往大的換就好。我從襯衫胸口的口袋裡拿出鑽頭，我手在抖，在鎖好鑽頭前，我還手滑了一下。

不知道我在焦慮什麼？我不該緊張，這是我家，這是我的電鑽，我是這些東西的主人。這只是一個小到幾乎看不見的洞，根本沒什麼。

我在褲子上抹抹手，深呼吸，我輕壓開關，差點無法啟動，馬達終於轉動起來。輕輕鬆鬆鑽進牆裡。無需太大力，根本不用急，花的時間比我想像中還長，但我感覺得到鑽過去了。我把電鑽拿出來，朝著洞口吹氣，我把臉湊上去，看個仔細，洞不大，但效果達成了。

從這麼小的洞裡可以看到這麼多東西，真是太神奇了。我看到他的床，他的枕頭，他的包包。終於啊，權力結構改變了。

~

我說：哈囉，歡迎到家。

葉兒才剛進門，她看起來累壞了，泰倫斯還在車邊。我開口時，她停下腳步，看著我。

「你在幹嘛？」她端詳著我的臉。

我說：等你們回來，見到妳真好，我很高興妳到家了。

我走過去，靠上前，親吻她的臉頰。

我心想，妳是我的錨，讓我成為自己的穩定力量與保證。

「朱尼爾？都沒事吧？你看起來怪怪的。」她說。

泰倫斯走進大門，他穿了我放在工廠的工作背心。他看了看葉兒，又望向我，問：「朱尼爾？今天過得如何？感覺都還好嗎？」

很好，一切都很好，感覺不錯，我說。

「來，吃這個。」他從口袋裡拿出罐子，倒了兩顆藥丸出來。

我可以感覺得到藥丸在掌心的觸感，我沒多說什麼，就塞進嘴裡。他看著，直到他覺得我把藥丸吞下去為止。

「很好。」他說。「如果你不介意，我今晚有很多事做，所以我就直接上樓了。我晚點想跟葉兒再進行一下訪問，你自己吃飯沒問題吧？」

我說：當然，以前都是我們自己吃飯。

他已經抵達階梯一半的位置了，卻轉頭說：「朱尼爾，你確定你沒事？」

沒事，跟平常一樣，我說。

在我能開口前，葉兒就跟著他上樓了。

這就是我鑽孔的用意，為了這一刻。當他在他房裡，以為我什麼都不知道的時候，他覺得他能掌控一切的時候。

我好整以暇地上樓，溜進浴室，關上門。我反身跨坐在馬桶上，彎腰望進牆裡的小洞。

他們面對面坐著，望著彼此，房裡有燈，一點也不黑。泰倫斯坐在床上，葉兒坐在他面前的椅子上，他從書桌拉過來的椅子。他與她之間的距離太近了，我們訪問時都沒有這麼近，還面對面，他跟我都沒有面對面。我聽得見他們的聲音，但聽不清楚他們在講什麼。

現在開口的都是她，他用擺在大腿上的螢幕打字，他時不時點起頭來，兩度拿著螢幕對著她，像之前測量我的時候一樣。

我後頸的感應器傳來痛感，今早就開始了，但我沒當回事，這種燙燙的感覺彷彿是小動物在打呼嚕，越來越強烈。我發現抓一抓可以改善，抓皮膚跟感應器。我一邊抓，一邊看著這兩個人，我的妻子跟陌生人坐在一起，同時也實在很難分辨皮膚跟感應之間的邊界在哪裡。

我懷疑葉兒是否知道這是怎麼回事，曉得他的騙局。她不會騙人，特別是不會騙我，不過，不管他們在說什麼，她都有很多話要說。他在點頭，她很可能已經開始有所懷疑了，她也許察覺到我針對起泰倫斯，曉得我正在觀察，曉得我在關心她、保護她。

我假裝吞了他給我的藥丸，但他一上樓，我就把藥丸吐了。他的藥根本一點幫助也沒有，只會造成傷害，根本不是止痛藥，我才不信。我覺得這些藥物會影響我的思考方式，這些藥物會局限我的理智，讓我變得脆弱，好擺布，容易順從。藥物讓我思考遲緩，麻痺我的本能，他不希望我想通這到底是怎麼回事。

她指著螢幕，他點點頭，我的頭感覺好沉重。他把螢幕放去一旁，面向椅子。

他靠向她，手放在她腿上。

我看不下去了，這是我太太，他在碰觸她。太過分了，我必須採取行動，免得為時已晚。

我站起身，衝出浴室，我撞開房門，進入房間。

住手，我說。

他們轉頭看著我。

「朱尼爾！」葉兒說。

她意外的程度超過泰倫斯，她雙眼噙淚，我在廁所的小洞裡沒有看到這個。

我說：我看到了，我看到他了。我知道你有什麼打算。

我用手指著泰倫斯，手在顫抖。

這樣不行，你實在太……

我想說過分，卻想不出這個字眼，我感覺到胃裡有一個大結。

「朱尼爾，你看起來氣色不太好。」泰倫斯說。

你這個壞人，我說。

我腿軟，不對，真的很不對勁。

「我們會把話講清楚。」他說。「但你得先冷靜下來。」

不要！

我想往前朝泰倫斯走，卻有點站不穩，必須靠在牆邊。葉兒一手掩面，泰倫斯朝我小心翼翼踏了一步。

「你體內的藥會讓你行動遲緩。」他說。

我說：止痛藥，你說那是止痛藥。

他拿起螢幕，輸入了什麼，然後拿起來拍照。

「朱尼爾，拜託。」葉兒說。

我不會等到禮拜五，我說。

話語出口的速度好慢。

我不在乎了，我不去了。你說禮拜五，但我不會等到禮拜五，我不去……建設計畫了。

我看著葉兒，她沒有懼色或憤怒，只流露出關切的神情。

「那個你就不用擔心了。」他將螢幕放在床上。「是時候該告訴你了，沒有什麼禮拜五，也沒有什麼建設計畫，至少對朱尼爾你來說沒有。」

這是我倒在地上之前，最後聽到的一句話。

第三幕

ACT THREE——DEPARTURE

啟程

我坐在樓下的椅子上，不曉得我是怎麼到這裡的。我的椅子又挪回原本的位置，沒有面牆，泰倫斯換回了他的西裝。

我想起來了，我鑽了一個偷看的孔，為了我自己，為了葉兒，我表明了立場。

「我很抱歉搞成這樣，我知道你一定覺得……不舒服，混沌，搞不清楚狀況。」

他錯了，我才沒有這種感覺，根本不對。我可以感覺到我的心跳，我活著，這才是我的感覺，我覺得自己活著。

「朱尼爾，時間到了，我很抱歉我沒有老實告訴你，生命裡的一切都不是隨機偶遇的。這一切都是替你精心策劃、特別安排的，而你通過了考驗。」

我睜開雙眼，眨了幾下，眼睛慢慢聚焦，我想轉頭，但轉不了。我想見葉兒，我知道她在這裡，但我看不到她，她在哪？

「怎樣對你最好，對你的身心發展最好，這些從一開始就是我們首要關心的重點。你表現得很出色，太了不起了，你真的很了不起。」

他媽的發生什麼事？我的眼睛適應了，外頭很黑，但屋外有好幾盞照明燈，光線打進窗戶裡，客廳裡有好幾臺立在腳架上的攝影機。統統正對著我。

我想移動雙手，這時我才發現我的手被固定住了，泰倫斯裝在我手臂上的扣環此刻跟我另一隻手上的扣環用鐵鍊連在一起。我看過去，另一條鎖鏈連到我腳踝的腳鐐上，我被綁住了，我在自家居然成了俘虜。

我說：我太太呢？葉兒呢？

「噓，你沒事，別擔心，我們都在。」

我用盡吃奶的力氣想伸出雙手，但手卻感覺無比沉重。

「我們有很多方式可以進行，但到頭來，我們覺得在這一刻，讓你搞清楚狀況，讓你自己看到結尾，這樣是最合理的。考慮到我們走了這麼遠，這樣才說得過去，這對我們的研究也很有幫助，我們的研究是這整個計畫裡最重要的部分，我們需要替未來的計畫建立目標概率參數。」

我說：我早就知道了，早就想通了。

我的聲音聽起來沙啞虛弱。

我說：我統統都想通了，我知道你在做什麼。

「是這樣嗎？」泰倫斯說。

你不希望我懂，但我比你想像中還要聰明。

他笑了笑。「對，我相信你比我想像中還要聰明，我只是不相信你已經想通了。好吧，朱尼爾，那我是誰？說來聽聽。」

我說：替代品，你是我的替代品。我出門的時候，你就會取代我的位置，你想在這裡跟葉兒在一起。

「所以你覺得我是你的替代品。」他對著螢幕上的麥克風說。

我恨他，我恨他的一舉一動，他還錄下我的話。

葉兒在哪？我問。葉兒需要聽到這個，她也必須知道。

「她就在那。」

他指著旁邊，我想望過去，我只看到椅子上的小小人影，那是葉兒。

「看吧？她在那，她全程都在，朱尼爾，她也全程都知情。」

葉兒！別擔心，葉兒，我說。我不會讓壞事發生的，我哪兒也不去，我保證，葉兒，怎麼了？

她縮在位置上，雙手抱著肚子，她為什麼不過來？他們也綁住她了嗎？

「抱歉。」她用氣音對我說，然後鬆開雙手，掩著臉。

我發現她沒有遭到束縛，如果她要，她可以起身，她是自己不願移動的。

就這樣？她只有對我講這個？沒了？

我再次望向泰倫斯。

你騙人！你送我出門後，你就會霸占我的生活。不過，我還沒完，我還沒有要走。我不會讓這種事發生的！鬆開我！我不是你的俘虜！你不能這麼做！

泰倫斯開口時，他的語氣相當冷靜。「朱尼爾，可以請你告訴我，你現在的心情嗎？描述一下，我是說，身體上的感受，頭怎麼樣？」

我的頭？你問這幹嘛？去你的！快放開我！

我聽到屋外門廊傳來動靜，交談聲，燈外有東西，有人，腳步聲。前門開了，兩個身穿黑色西裝的男人走了進來，他們戴了緊緊的黑色手套，他們什麼也沒說，只是站在客廳門外。

這是怎麼回事？我問。你們是誰？你們在我家幹嘛？

「別擔心，他們跟我一起的。」泰倫斯說。

葉兒？我又喊起來。他對妳說了什麼？妳為什麼只是坐在那裡？

「來。」泰倫斯朝門口喊。「請帶他過來。」

帶誰過來？外頭那是誰？

另一個人出現，我看到他的時候，內在有個東西斷裂了。我從來沒有這種感覺過，困惑加上焦慮，但很快轉變成恐懼。我不敢相信眼前的景象，這個男人站在門口，看著我。

這不是真的，不可能，不可能發生這種事，但真的發生了。沒有錯，那玩意兒在這，看起來栩栩如生，不是人造的，不是製作出來的，各種層面都跟真的一樣。就站在我家，是我，站在門口，還看著我。

替代品，我的替代品，我想要消化這是什麼意思，泰倫斯沒有騙人，他沒有要取代我的位置。他說的，替代品，複製品，真的存在，就在眼前。

我一直盯著看，覺得自己好像飄浮起來了，我啞口無言。

「朱尼爾，我明白你現在的心情。」泰倫斯說。「但請你冷靜一點，看著我，這裡，聚焦一下，拜託，冷靜點。」

泰倫斯現在直接對著他的螢幕講話，我聽不見他在說什麼，我不在乎他說什麼。他不重要了。站在我面前的東西，各個方面都跟我一模一樣，看起來再真實不過。我將目光移到我的雙手，我手上有血管，掌上有紋路，還有指紋，這些東西不是獨一無二的嗎？都是我的，只有我才可能擁有。天底下怎麼可能會有一個跟我一模一樣的複製品？不可能啊。

「你好。」它說。

這聲音，這是我的聲音，不只像，根本就是我的聲音。

「朱尼爾，」泰倫斯說。「我要你見見……朱尼爾。」

我感覺到短暫的驚奇，替代品看了看我，對我緩緩點頭，忽然間我感覺到一陣憤怒襲來。我不想看到它，我不要它在這，不要出現在我家，不要跟我太太在一起。我不在乎它看起來有多真，它不是真的！它不是我。

我說：不，不行！

「我們要帶你走了。」泰倫斯說。「但讓你在這裡親眼看到，親自體驗這種面對面的感覺也相當重要。我們希望你可以成為這階段的一部分，協助你理解，你現在面對的就是真相，你自己的真相，我們想要看看你的反應。」

我的真相就在這裡！我大喊起來，在這棟房子裡，跟葉兒在一起！

「不，不對，你不是……他。抱歉我們全程都在騙你，抱歉我必須這麼說，是你，你就是替代品，這位才是真正的朱尼爾。」

葉兒？我喊了起來。葉兒！

我不只用言語哀求她，也用我的眼神，我的全身都哀求起來。她不肯望向我，她低頭看著自己的大腿，她只是坐在那裡。她為什麼不肯看我？

我看著那東西走向她，她抬起頭，用讚嘆的目光看著那玩意兒。

「葉兒。」它說。「葉兒。」

「嗨。」她抹了抹雙眼。

閉嘴！我大喊。誰來阻止那玩意兒！

它看著她，我無法接受，感覺比我想像中還糟。

「真不敢相信。」它說。「是妳，真不敢相信我到家了，葉兒。」

它跟我太太說話，它假裝是我，彷彿是真的我一樣，我被困在這裡，它卻在那邊跟我老婆說話。

「好久了。」葉兒說。「真的是你嗎？」

她站起身，伸出手，碰觸它。她觸摸它的臉跟手，然後它靠向前吻她，嘴唇。她站在那裡，沒有阻止它，它伸手抱她。

不！我們不要這樣！我對泰倫斯大喊。我們沒有同意這種事！把那東西從她身邊移開！協議取消了！我不去了！

泰倫斯走向其中一位戴手套的男人，在他耳邊低語起來。

「事實上，你哪兒也不會去，你全程都在你該待的地方，你還不明白嗎？你的工作已經完成了，接下來好幾年我們會撰寫關於你的報告，討論你的一舉一動。我第一次來的時候送你來的，那天，他，真正的朱尼爾，出發參與建設計畫。」

他朝那個東西點點頭，現在那個東西站在那裡，抱著我的妻子。

「你無法理解這點，但那天就是你任務開始的日子，真正的朱尼爾出發那天。你看到我的車燈，對嗎？那是你第一個有意識的想法，那是我們設計好的，車燈就是你的起點，之後就是你自己的表現了。」

我說：這不是真的，你在騙人。葉兒，告訴他，他在騙人！

「是真的。」泰倫斯說。「你記不得跟葉兒在一起之前的生活吧？對嗎？」

他給我時間思考。

「那是故意的，我們希望你聚焦在當下。你對過往那些清晰的回憶，好比說你第一次見到葉兒的時候，你們的婚禮，入住這間屋子，還有工作的那幾年，那都是我們替你植入的記憶。我們在真正的朱尼爾出門前，請他花了好幾個小時，詢問他與葉兒的生活狀況，我們從他那裡得到這些回憶。這些都是他的回憶，對他來說很重要的回憶，所以我們讓你也覺得這些回憶很重要。」

他指著那個東西，我感覺到在場每個人都看著我，除了葉兒。她肯定害怕也難過，困惑不解，她一定跟我一樣驚恐。

「我希望藉由這個計畫，同意加入這個計畫，也許能夠協助我們的相處。」葉兒說。「我跟朱尼爾，我是說，真正的朱尼爾。」她看著那個抱著她的東西。「我以為他去參加建設計畫的時候，有一個他的替代品在身邊也許能夠改善我們的關係，我以為這樣我就能感恩他出門前我所擁有的一切。」

我說：但我是朱尼爾啊，妳知道我是。

她搖搖頭，說：「不，你不是，抱歉。」

它朝我走向前一步，說：「我的天啊，真不敢相信它居然這麼像我。」

我想衝上去，鐵鍊卻不讓我行動。

它湊了過來，蹲了下來，就在幾公分之外，它研究起我來。

「難以置信。」它說。

它轉向泰倫斯，然後面對葉兒。「不敢相信我回來了，我到家了。」

我大吼：你不該出現！你沒必要出現！滾！現在就滾！

「冷靜點。」泰倫斯說。「時候到了，我們要帶你走了。」

但這是我家！你不能留下那東西跟她在一起！她不想跟它在一起！

戴手套的男人從兩邊接近我，他們一左一右抓住我的手，控制著我。

別碰我！離我遠一點！

泰倫斯走過來面對我。

「結束之前，我必須感謝你所做的一切。」他說。「你是你們這一批的第一位，之後會有更多產品，但你會是第一個。多虧了你自己在這裡幾年間所有的行為，我們的理解比過往更多，因此讓這一切成為可能。你辦到了，真讓我驕傲。」

那玩意兒低頭看著我，我聽到它說：「謝謝你，謝謝你在我出門的時候照顧葉兒。謝謝你讓她想念我，真正的我。」

我不想走！我不要上太空！我要留下來！

「你沒有要去太空。」泰倫斯說。「第一階段的建設計畫已經結束了，所以朱尼爾才回家。」

我的呼吸變得沉重，因為天氣很熱，因為我的手腕遭到束縛。我似乎不能好好喘口氣，我覺得自己好像噎到了。我想望著葉兒的雙眼，請她看看我，但她不肯，她不願意，她看起來不高興，我知道她不高興。她看起來很難過，其他人都沒注意到，但我知道，我看到了，她對他不滿。

「你的工作已經結束了，你的任務已經完成了，表現得比我們想像中還出色。朱尼爾回家了，現在他可以重拾他的生活了。」

每次呼吸，我都感覺得到鼻孔在噴大氣，光是抬頭都覺得好累。

「安息吧。」他輕輕碰觸我額頭中央，雙眼上方的位置。

在場所有人都鼓起掌來，可怕的掌聲持續了太久。

「你還有什麼想說的嗎？」泰倫斯問。

外頭又有窸窸窣窣的聲音，強光照進窗戶，門廊上有腳步聲，還有竊竊私語。

「你能做的都做完了。」他說。「時間到了。」

時間到了要幹嘛？我用盡所有的力氣。

「是時候結束這一切了。」

要從哪裡開始？有這麼多話要說，有這麼多話要講，要討論，要回想，要分享，要解釋。我在遠方的時候，經常想起這一刻，夢想這一刻。我想像我們就在這裡，而我終於到家。我經常想起這一幕，我有太多、太多話要跟葉兒說。

離家的兩年裡，我們全程沒有聯絡，精確地說，是兩年四個月三週又一天。這是離開你家，離開你的妻子很長、很長一段時間，我有好多話要說。

結果呢？我們坐在小小的餐桌旁，這是我出門前打造的餐桌，我們對彼此都沒有開口，這不是我期待的返家場景。

我切了一塊馬鈴薯，沾了點醬汁，放進嘴裡，我笑著咀嚼。事情會好轉，比我出門前更好，我告訴自己，一定會的，必須如此。

「我甚至不曉得該從哪裡開始講。」我說。

「對啊。」她說。「我也是。」

我回家的騷動、替代品的離去、泰倫斯、遠方無垠的工作人員都讓我們疲憊不堪。特別是葉兒，她老了，我從她的容顏與雙眼中看到老態，她的步伐比我記憶裡還要沉重。

我們都有點不知所措，可以理解，過程吵雜又忙亂，充滿創傷。那個東西沒有真正的死亡，當然，但那是……那個東西，他們說那叫「引發致命的熵」。來了好多人，遠方無垠的工作人員忙著監測、記錄數據、蒐集資訊、測量、報告，外頭有好幾輛車，結束後，我要他們盡快離開。

現在就剩我們了，兩年來首度獨處，不能繼續沉默，必須打破沉默，所以我率先開口。

「他們不確定我會有什麼樣的感受，也不確定我能不能行走。」我說。「在上面那麼久，對身體會造成奇怪的影響，我還是覺得飄飄然的。」

「你看起來好像瘦了一點。」她說。

「對，幾乎每天他們會要我們跑這個跑步機，但肌肉還是會萎縮，因為沒有重力的壓迫，人的肌腱、韌帶都需要一點時間重新適應。下一波就不用擔心回來還要重新適應了，他們不回來了，下一波是永久居民。」

葉兒將叉子放在盤子旁邊。「加入第二波需要鼓足勇氣，知道自己一去不返，還執意要出門，前往某個無法想像的地方。」

「不只需要勇氣。」我說。「相信我，上頭什麼都很陌生。」

我知道我讓她驕傲，她驕傲她的丈夫參與了建設計畫這種重要的工程，這場試營運對肉體與心靈來說都非常艱難。不過這也是為了她，她讓我去，在我出門時等我回家，還讓那個替代品陪她。這是無比的犧牲，也許跟我的犧牲不一樣，但也是巨大的犧牲，沒有她，我根本辦不到。

「我拍了一堆影片，但拍不到精髓。」

「無法想像。」她將盤子推開，她沒吃多少，她只是在盤子裡將食物挪來挪去。

「妳看起來也瘦了。」我說。

「我在這裡也覺得很不尋常。」她說。

我點點頭，我不曉得該說什麼，不過，如果她能理解我經歷過何種困難，她也許對她的犧牲就能感覺好過一點。

「聽起來很蠢也很明顯，但唯一想得到的字就是『大』，我們在裡頭的空間受到限制，但其他地方，外頭都大得不得了。浩瀚。太奇怪了，我沒有感覺到自己是重要任務的一分子，反而覺得自己遭到孤立了。雖然跟其他人生活在一起，在上下鋪睡了很久，我還是覺得孤立無援，很難解釋。我想家。」我必須開這個口，我一直在想這件事，但我尚未提起。「跟那個東西一起生活是什麼感覺？」

她搓揉額頭，認真看著我。「你是在問我的經歷？」

她的語氣聽起來相當意外。

「我猜是吧。」我說。

「一開始很困難，比我想像中困難，我幾乎沒有對它說什麼，我躲著它，家裡卻只有我們兩個。我花了很長時間，好幾個月，才習慣它的存在。它會學習，會適應環境，它開始用我沒料到的方式關心我，它真的很在乎我。我知道是這樣沒錯，我們形成了一種連結，不是你我之間的連結，但超越了我的想像。第一年之後，我們會花時間聊天，很明顯，它想要理解我，它會傾聽。」

「所以妳因為盲目的忠誠，跟那東西有了連結？程式設計好的忠誠？」我問。

她沉默了一會兒。「不，我不會那樣說，我要的不是盲目的忠誠。我忍不住去想，他們為什麼要關閉它，都已經經歷了那麼多，學到那麼多，為什麼不能留下這個人？」

「妳知道，妳現在說它是個『人』了。」

「是嗎？」

「對啊。」

我放下叉子，用餐巾擦嘴。「你們每晚都一起吃飯嗎？」

「對啊，當然。」

我沒有說話，希望她解釋解釋。

「朱尼爾，他不是你，他活得像你，他有時會模仿你，但他不是你。我一開始盡量正常行事，但感覺太怪了。而談吐與行為看起來實在太神奇了，它的反應跟你很像。不過，有時它又會作出跟你截然不同的反應。」

「妳是說更好的反應？」我問。

「我說不同而已。」她說。

「在我出發前，他們問了我很多問題，告訴他們我們住在這裡這幾年的回憶，我們婚姻的細節，妳，還有只有我才知道的事情。他們想要特定的細節，我們說過的話，做過的事，我能記得的一切。他們肯定統統用上了，將那些回憶灌輸進去，雖然這些回憶對它的意義不可能跟對我一樣重要。我猜如果你覺得它行為像我，那我幹得還不錯，不過，妳說有時它比我好，這是什麼——」

「只是不一樣而已，我的意思是不一樣。我沒有說比較好，是你說的。」

我嘆了口氣，抹抹臉，忽然覺得好累，筋疲力竭。「我了解這很複雜，我不會想跟什麼活生生的詭異電腦一樣。」

「朱尼爾？」她說。

「怎？」我問，話語太大聲又尖銳。

「我覺得它真的很在乎我，特別是快結束的時候。一開始沒有這樣，它只是依循他的設計法則，但到了後來……不知道……感覺好像……」

「我覺得妳是在想像，葉兒。遠方無垠都跟我們講過了，他們預測出妳會跟那個東西產生感情，但那不是真的。那不是真人，聽起來妳根本忘了這點。」我說。

「有時它看我的眼神。」她繼續說。「或是它煩躁、疏遠的神情，我從跟它一起生活的時候逐漸感受到了，它會傾聽。」

「葉兒，那只是製造出來的東西，根本代表不了什麼。」

「也許吧，但它還是幫了我，我只是要說這個。」

「哎啊，我猜這代表他們很滿意這樣的結果。」

「你說遠方無垠？」

「對啊。」

「只是覺得很可惜。」她說。

「怎樣可惜？」

「它不存在了，我在想可不可以修好它。我是說，如果你可以被複製、被替代，那它難道不行嗎？」

這樣的對話開始讓我煩躁，我想聊我的事，聊在上頭是什麼樣的感覺，我們應該談這個才對。

「妳的真老公已經回家了，妳為什麼還要擔心妳的數位假老公？無論我出門時發生了什麼事，那些都結束了，現在就跟過往一樣，只有妳跟我。」我說，然後靠過去親吻她的臉頰。

她忽然起身，收拾碗盤，拿去屋內。

我喝完用來佐餐的啤酒，將空酒瓶放在桌上，眺望田野。

「妳會討厭上面的。」我喊著說。「寂寞又荒涼。」

她沒有回應。

「我不會再離開妳了。想像妳在小時候聽到這種話，有一天妳會協助妳的男人幹件了不起的事情，妳也會成就歷史。那時聽到覺得不可置信，對吧，葉兒？」

沒反應，完全沒反應。

改變很困難，她會沒事的，她只是需要一點時間。一切都難以置信，無法理解。不過，我在這，回家了，跟葉兒在一起。她在這裡等我，她永遠會伴我左右，她會清醒過來的。她不需要什麼期待或誇張事件，她永遠都是我的錨，無論如何，她永遠都會是我的錨。

～

我用回家的第一個禮拜習慣這裡的生活，比我想像中還困難。我大概不該意外事情跟以前不一樣，我離開了很長一段時間，認為我能踏回原本的生活，一切彷彿沒有改變？怎麼可能？

工作還行，我回到飼料廠了，成天忙著打包穀物跟種子。瑪麗問候起葉兒的表弟泰倫斯，除此之外，她什麼都不知道。其他人也是，對他們來說，我不曾離開。

回家跟葉兒相處時，我們卻持續出狀況。屋況不是很好，家裡有很多事要做，我花時間慢慢解決這些家事。今天，我在補客廳踢腳板的一大塊凹陷。葉兒也在這，玩她的螢幕，在我開始之前，她就在客廳了，她沒打算幫忙，甚至沒問我要幹嘛。我覺得討厭，但我決定什麼也不說，最近我很常自己忙自己的，但一開始又不是我讓房子變成這德行的。

「用不了太長時間。」我說。「只是想把這裡弄好看一點。」

她從螢幕上抬起頭，一秒，沒說話。我離開客廳，我前往地下室找砂紙，我回來時，她的螢幕還在，人卻跑了。我拿起她放在桌上的螢幕，居然鎖住了，沒有她的指紋就打不開，真新鮮，她以前都不鎖的。

~

我們躺在床上，房裡很黑，我已經醒了一陣子，想繼續睡。我想盡量保持正常的作息，我每天同一時間上床，同一時間起床。葉兒總會晚幾分鐘，她會拖拖拉拉上床，她以前會跟我一起上床，但我沒有挑明這件事。

她什麼話也不說，就鑽進毯子下，遠離我，但我感覺得出來她還沒睡著。

「怎麼了？」我的聲音裡帶著無力感。「妳有什麼話想跟我說嗎？」

「沒有。」她說。

至少她沒吵架，自從我到家之後，她都這個德行。隨著一天天過去，狀態沒有好轉，我們沒有更親密，她反而更閃躲、更封閉，話都不講出來，態度冷漠疏遠。

我起床，沿著走廊前往浴室，我在臉上潑潑水，望向鏡子。他們怎麼能把那個東西做得這麼像我？我打開醫藥櫃，有東西移動，掉了下來。是一隻蟲，超大隻的，是那個犀角金龜。在我踩上去之前，牠就連忙逃到鏡櫃下面去了。

我回到臥房床上，上床時說：「我看到那個大金龜了，超大的。」

「最近越來越常出沒。」她說。「比你出門時還多，我一開始不喜歡牠們，但會習慣，現在幾乎注意不到牠們了。」

幾分鐘後，我說：「我覺得我睡不著了，我在想一些事。」

這是我想要開啟對話的示意方式，但她沒有接話，她沒問我在想什麼。她沒有轉過來，她一聲也不吭。

「你想怎樣？」葉兒問起，嚇到了我。

我站在冰箱前，門開著，以為廚房只有我一個人。

「妳嚇到我了。」我說。

她的問題讓我措手不及，我已經回家一個多月了，葉兒很少跟我開口，甚至一連好幾天、好幾週才問我一個問題。

「你想怎樣？」她又問了一遍。

我挺直身子，關上冰箱門。

「吃點心。」我說。「我想吃點心，我正在翻東西吃。」

「我不是指冰箱裡的東西。我是在說我們。」

我早該料到會是這種問題，帶有攻擊性、怒火，質問的語氣。

「我要的，我都有了。」我說。「我指的也不只是點心，我是指這個，這一切。我再也不想離開了，這就是我要的。」

「這樣？」她舉起雙手。「這樣你就夠了？」

「我不知道妳在說什麼，我才是之前不得不出門的人，妳待在家。葉兒，上面的日子並不好過。」

「你有沒有想過我的生活？之前、當中跟之後的狀況？你有沒有想過我的存在不是為了照顧你？你視而不見，甚至看不出來我變了。」

「我當然看得出來。」我說。「而我不喜歡，我不喜歡這樣。葉兒，我要妳變回以前的樣子，我要那樣的妳。」

「是嗎？你真的想要那樣？」

「對。」我說。「妳跟一個怪物一起生活，現在那已經結束了，妳就不能放下那個事實嗎？我回來了，我們所需的一切都在眼前，我再也不出遠門了，永遠陪著妳。妳再也不用擔心那個了，我們的生活回來了。」

「不。」她說。「是你的生活回來了，這是你要的生活。」

我期待她繼續，說下去或吼一吼，結果她轉身就走。

「葉兒？」我喊住她。「妳跟那東西上床了嗎？」

我聽到大門打開的聲音。

然後重重甩上。

〜

我忽然驚醒，我從深層的休眠中醒過來，許多複雜的夢境。我肯定睡了好幾個小時，我花了點時間才發現床上只有我一個人，葉兒不在身邊。

我伸手去摸她的位置，冰的，她有上床嗎？

我從窗口看到亮光，走過去看是怎麼回事。火在燒，屋外有一團小小的火在燒，但真的是火。葉兒在外頭，我看到她站在火團不遠外，注視著火光。

「葉兒！」我大喊，然後沿著階梯跑下去，衝出大門。

「妳在幹嘛？」我接近火光。我從門廊抓起鏟子，開始拍打在火源中央燃燒的東西，那是木頭物品。我想滅火，將土沙剷上去滅火。

「妳瘋了嗎？葉兒，妳得冷靜下來！」

我用靴子踢向燃燒的木頭，那是她彈琴坐的凳子。多年前，我親手替她打造的凳子，她肯定從地下室把凳子搬上來。

「妳他媽的在幹嘛？為什麼要燒琴凳？」

「抱歉。」她持續盯著火光，眼睛都亮了起來。「我早該告訴你。」她不肯看我。

「妳得冷靜一點，我是認真的。妳這樣很危險，還搞破壞！看著我……我們不能繼續這樣下去！」

「你說得對。」她說。「的確不行。」

工作，回家，吃飯，餵雞，睡覺，規律的例行公事又回到我們的生活裡，但已經花了好幾個月的時間。

屋內屋外還有一些家事要做，我們吃晚餐，有時一起吃，但我自己吃飯的時間越來越頻繁。多數夜晚，我們待在不同的空間，看著各自螢幕上的不同資訊，隔天一切又會再來一遍。

但我又適應了，我適應了這種新常態，肉體跟心理都跟上了。一些小驚喜，我不是在抱怨。我已經經歷過太多刺激新鮮的事物，遠超過一個人一輩子能夠承受的程度。

現在不吵架了，停滯狀態，我也可以接受。安靜沒有不好，我一直覺得安靜好過大吼大叫，我們都沒有力氣吵架了。葉兒有她情緒的高低起伏，但誰沒有？人無完人，關係也沒有完美無瑕的。

我睡到自然醒，睜開雙眼。早上了，很早，第一縷陽光才灑落進啟開的窗戶裡。我喜歡這個時刻，大概是我最喜歡的時刻。

我伸懶腰，在床邊伸長雙腳。

「早安。」葉兒說。

我轉過身，她坐在靠牆的椅子上，她穿好衣服，用紅色浴巾包裹頭髮，彷彿頭髮還沒乾一樣，我不記得她上次跟我道早安是什麼時候的事。

「妳在那坐多久了？」我問。

「一下下，沒有很久。」

她看起來休息夠了，很放鬆，自在也冷靜。

「真高興今天不用工作。」我說。「我可能會在床上多賴一會兒。」

「的確。」她說。「有何不可？我有東西給你，放在廚房檯子上。」

「給我的？就不能在我起床後給我嗎？」

「不行。」她說。「我要出門。」

她起身，用雙手擦頭髮，然後扯掉浴巾，她將濕浴巾掛在椅子後面。

「拜。」

「好，晚點見。」我用枕頭蓋住眼睛。

~

我睡得比平常還晚，沒想到葉兒出門後我還睡得著，但我就是睡了。我做了一個春夢，對象是她，我們在臥室地板上做愛，我們貼著彼此。起床時，我希望她在身邊，這樣就可以讓夢境成真。

我想起我們今早短暫卻愉快的對話，我心情愉悅。這也許顯示出她恢復正常了，她曉得自己在這裡過得很好。我今天沒有任何計畫，不打算出門，可以用自己的步調悠哉一天，這是屬於我的日子。

葉兒出門前泡了咖啡，真是貼心。我倒了一杯，靠在流理臺上，我正要喝第一口時，停了下來。我現在才想起她的話，她有東西要給我，她是這麼說的。就在那，咖啡機旁邊的檯面上，一個信封，上頭寫著「朱尼爾」。

我放下咖啡杯，拿起信封，從瀝水架拿起菜刀，劃開信封，裡頭是折起來的紙。我將紙張拿出來，攤平，翻了開來。

奇怪，這張紙上什麼字也沒寫，前面後面都沒有，根本白紙一張。

我整天待在室外，主要在穀倉忙，修理穀倉屋頂的頂板，替雞窩換新的木屑。

我回到家裡時，看到了葉兒。她坐在客廳裡，背對大門，她看著窗外。她出門了一整天，八小時，也更久？我沒注意到她回來，她也不告訴我。

「妳留了字條。」我說。「今早出門前留的，上頭什麼也沒寫。」

但在我能繼續說下去前，葉兒開口了，她沒轉身。

她說：看，我們有客人。

我望向她身後，從窗口看出去，馬路上有輛打著綠色車燈的車子開進巷子裡。

你在等人嗎？她問。

「沒有。」我說。

我們看著黑色轎車一路開過來，停在屋前，熄火後沒多久，車門就開了。泰倫斯下了車，朝門廊走來，我走向前門，在他敲門前打開。

「朱尼爾，真高興見到你。葉兒，妳好啊。」他說。

我轉頭去看，葉兒站在我身後，她雙手交握在身前，對泰倫斯露出溫暖的微笑。

她說：嗨，很高興再次見到你。

「你來這幹嘛？」我問。

「朱尼爾，我已經好久沒見到你啦。我只是想來看看你，看看你們，親眼看看你們狀況如何。成為遠方無垠的家人，就終身是我們的一分子。」他說。

你想進來嗎？葉兒問。

「不了，沒事，看得出來你們都安頓妥當了，什麼問題也沒有。」

葉兒說：我們很好，晚餐快弄好了。

「朱尼爾，你也這麼想嗎？一切都很好？」

我望向葉兒的雙眼。「我會說事情終於回到正軌了，對。」講這話時，我是相信的。葉兒對著我笑，我感覺到其中的感情與熱情。至於此刻，我覺得也許我們已經度過難關，葉兒決定配合了。

「那我就不繼續占用你們的時間了。」他說。

謝謝你來這一趟，泰倫斯，葉兒說。

「很高興你們都好。」他說。「希望你們之後一切順利。」

所幸泰倫斯一下就走了，要是他真的擔心，他大概會待久一點，他離開的時候很滿意。

我在廚房找到葉兒，她站在爐子旁，她在鍋子裡煮著什麼佳餚。

「今天怎麼樣？」我問。「妳出門好久。」

我靠上去，用手抱著她的腰。

她轉過來面向我，親吻我的嘴唇，我退了一步。

怎麼了？她問。

「沒事，這吻很好，我只是……有點意外。」

她沒有說話，但又吻了我一下，這次吻了很久。

她說：我很高興，我很高興待在這裡。你讓我覺得開心。

「我已經很久沒有聽到這麼悅耳的話了。」我說。「嘿，今晚要在外頭吃飯嗎？」

她說：好啊，如果你想在外頭吃的話。

我們對坐，用餐、喝酒、聊天。她問起工作的事，問起我在家裡修了哪些東西。我跟她說我在工廠修的一臺機器，還解釋了運作的原理，以及我是怎麼修的。她有一肚子的疑問，專注聽取我的回答，我的笑話還逗笑了她。

飯後，葉兒沒有像我回來後，幾乎每天吃完飯就直接收盤子進廚房。我們又聊了一下，我們剛結婚的時候都這樣。

「我必須說，葉兒，這是令人愉快的發展。」

你是說晚餐？她一邊問，一邊小啜起她的葡萄酒。

「晚餐，對，但我也是指今晚的一切。這個，還有妳，妳今晚的態度，妳最近都很不像妳。」

真的嗎？什麼時候的事？

「老實說，自從我回來之後就這樣了，妳感覺好疏遠，彷彿是活在自己的世界裡一樣。」

她放下酒杯，說：我知道，你說得沒錯。我很抱歉，我不是我，但我今天感覺好多了。

「真的假的？」

她說：對，真的。我為了你而存在，這你知道的，對嗎？我喜歡這裡，我要你開心。

聽到她這麼說真是讓我鬆了口氣，這是自從我回來就一直在等的話。

「我希望我們都開心。」我說。「一起快快樂樂的。」

她說：當然，我們會永遠在一起。

我牽起她的手。

「忘了我那晚說的話吧，放火那天。」我說。「我心情不好，我會替妳再做一張琴凳。」

她說：謝謝你，我很期待，我想再度彈琴。

她起身將我們的餐盤疊在一起。

廚房裡有要什麼嗎？她問。

「也許再來一瓶啤酒？」我說。

好的，等我回來，你可以再跟我說說建設計畫的事。我想了解全部的情況。

她端起髒盤就離開了。

真是奇妙，我們今晚的互動讓我覺得自己變年輕、變輕鬆了。重擔消失，壓力會累積、生長、化膿，悄悄滲進日常生活的每一個細小角落裡。今晚則稍微恢復到規律、可以預期的狀態。我們都想要確切的踏實感，在這裡可以得到，這裡有我們所需的一切。

自從我回來後，我在家都打赤腳。在建設計畫裡，除了洗澡外，要一直穿著襪子，現在我再也不穿襪了。我的腳有點髒，但我不在意，我喜歡這樣，我喜歡踩著腳下老舊木板的感覺。

我可以在這裡一直坐下去，這是我今晚的感覺。這是一個美麗的傍晚，油菜花田旁邊的太陽已經落入地平線之下，唯一少的就是葉兒。她該伴我身旁，我有好多話要告訴她，她怎麼這麼久還不出來？我又等了幾分鐘，然後起身。

我在廚房裡找到她，她就站在水槽前面。她一動也不動，真的，完全沒有動靜，我覺得我沒見過她這種站姿。

「妳在幹嘛？」我問。

她沒有回答，她沒有動作，還是痴迷地站在那裡。

「葉兒？」

她正看著水槽裡的某個東西。

「葉兒？喂！亨麗葉塔！」

這才有了反應，她揚首轉頭，將頭髮從臉上撥開，喜盈盈地望著我。

她說：真的很有意思，牠沒有動作，就待在那兒。

「妳在說什麼？」

她說：抱歉，我沒有忘了你的啤酒，我只是……分心了。

她走去冰箱，抓了一瓶啤酒，打開。

來，拿去，她一邊說，一邊把啤酒塞給我，親吻我的臉頰，走去屋外。

我站在原地好一會兒，高興這個充滿情意的反應，再次確定葉兒恢復成她原本的樣子了，真正的她。

我走向水槽，看進去，嚇了一跳。我真是無法習慣牠們的存在。就在排水管旁邊，又是一隻噁心的犀角金龜，原來葉兒剛剛是在看這個。

我用晚餐的湯匙，在水槽裡打死牠，牠的硬殼與金屬碰撞時發出聲響。必須除掉牠們，統統除掉，牠們不屬於這裡，噁心的東西。我讓水流，用水沖掉殘骸。

我將湯匙放回原位，前往室外，跟我老婆一起欣賞夕陽。

致謝

妮塔・普羅諾沃斯特、愛莉森・卡拉漢、莎曼珊・海沃、凱文・漢森、珍妮佛・伯格史東、珍恩、吉米、蘿倫・摩洛科、安芮雅・伊瓦蘇提雅克、費莉希亞・郭、莎拉・聖皮耶、梅根・哈利斯、布芮塔・朗柏格、史黛芬妮・辛克萊、芭比・米勒、肯恩・安德頓、METZ、Florettes+2、冰島、查理・考夫曼、加拿大 Simon & Schuster 出版社的每個人、Scout Press 出版社的每個人、Transatlantic 經紀公司的每個人，我的朋友與家人。

謝謝。

國家圖書館出版品預行編目資料

如果我們終將分離 / 伊恩．里德著；楊沐希譯. -- 初版. -- 臺北市：皇冠, 2023.05　面；公分. -- (皇冠叢書；第 5098 種)(CHOICE；362)
譯自：Foe

ISBN 978-957-33-4016-4 (平裝)

885.357　　112004957

皇冠叢書第 5098 種
CHOICE 362

如果我們終將分離

Foe

作　　者—伊恩．里德
譯　　者—楊沐希
發 行 人—平　雲
出版發行—皇冠文化出版有限公司
台北市敦化北路120巷50號
電話◎02-27168888
郵撥帳號◎15261516號
皇冠出版社(香港)有限公司
香港銅鑼灣道180號百樂商業中心
19字樓1903室
電話◎2529-1778　傳真◎2527-0904
總 編 輯—許婷婷
責任編輯—蔡維鋼
行銷企劃—鄭雅方
美術設計—鄭婷之、李偉涵
著作完成日期—2018年
初版一刷日期—2023年05月

法律顧問—王惠光律師

讀者服務傳真專線◎02-27150507
電腦編號◎375362
ISBN◎978-957-33-4016-4
Printed in Taiwan
本書定價◎新台幣360元/港幣120元